N° 17

20°F

PIERRE du CHATEAU

PIERRE DU CHATEAU

Femme d'Officier

PARIS, 5, rue Bayard, PARIS

FEMME D'OFFICIER

❦❦❦❦❦❦❦❦❦❦❦❦❦❦❦❦❦❦❦❦❦❦❦❦❦❦❦❦❦❦

I

— Une lettre de Pierre! dit le colonel en entrant chez sa belle-sœur.

— Déjà?..... Parti d'hier soir!..... Ce cher ami a une délicatesse..... une sensibilité..... un cœur.....

— Oui, parbleu! un cœur..... un cœur qui bat la campagne..... car s'il m'envoie quatre pages griffonnées en wagon après une nuit de bal, ce n'est pas seulement pour nous assurer de ses sentiments respectueux..... Voyez plutôt!

Mme des Aulnois ajusta son binocle avec un geste d'effroi.

— Quelle écriture! Déchiffrez, j'y perdrais mes yeux!

— C'est trop bête à lire à haute voix....., un roman!.....

— Ah! c'est un roman?..... Adorable!..... Je m'en tirerai seule, alors.....

Et, pelotonnée sur sa chaise longue, le sourire aux lèvres, elle commença.....

— Eh bien?.....

— Charmant!..... d'une poésie....., d'une fraîcheur.....

— Ta, ta, ta; voilà les femmes! Déjà emballée, vous aussi?

— Dame!..... Il raconte si gentiment ce qui lui est survenu..... ce qui ne m'étonne pas, entre nous! Cette jolie Marguerite de Laval est faite pour être aimée.....

Le colonel, qui se promenait à grands pas, les mains derrière le dos, s'arrêta court.

— Veuillez, au moins, me donner des explications? Je n'ai

pas vingt-cinq ans, moi, et si Pierre est incapable de réfléchir, mon devoir est de lui mettre les points sur les i. Ce ne serait pas la peine d'être son tuteur!.....

— Vous voulez dire : d'avoir été?.....

— Croyez-vous que j'abdique parce qu'il est majeur? Un père ne renonce jamais à son autorité..... et je tiens la place de son père..... mon cher vieux d'Arfeuil!.....

— Sans doute! Mais le père le plus sévère ne trouverait pas un point noir à ce projet d'union.

— Vraiment?

— Oui! Les de Laval sont gens des plus honorables.

— Après?.....

— Très fortunés.....

— Ah!

— Du meilleur monde.....

— Bravo!

— Bien pensants.....

— Parfait!.....

— Qui aiment l'armée.....

— Vous êtes sûre de tout cela, ma sœur?

— Comme de ma vie, mon cher!.....

— C'est qu'il faut *tout cela*, voyez-vous, pour que je consente à ce que Pierre.....

— Laissez-moi achever : Marguerite est fille unique, donc, seule héritière de très grands biens fonciers. Elle a reçu l'éducation la plus sérieuse..... une femme instruite.....

Le colonel se frotta les mains :

— Je suis heureux qu'il ait bien choisi et que la jeune fille soit digne de l'honneur.....

— Un honneur partagé.

— Possible! Mais Pierre, lui, a eu pour père un héros : l'un des héros de Reichshoffen..... Avant la charge, d'Arfeuil m'a confié sa femme et son enfant..... sa femme l'a suivi de près, inconsolable ; l'enfant a grandi, est entré à Saint-Cyr, il prépare l'École de guerre et il deviendra général..... Ce sont des titres, ou je ne m'y connais pas.....

— Vous vous y connaissez! Ajoutez que Pierre est un fort beau lieutenant......

— Très laborieux.....

— Irréprochable.....

— Très déférent, ma sœur!.....

— Il le doit : vous avez été parfait pour lui.....

— Et vous savez mon intention de lui léguer ma fortune?.....

— Vous faites bien. Pierre est comme votre fils, et vous n'avez que des arrière-cousins.....

— Indifférents, inconnus. Or, relisons la lettre..... Oui, c'est cela : « Amour profond..... charme invincible..... seule ambition : être agréé..... » Oh! Oh! seule ambition, mon lieutenant? Ils sont incroyables, ces jeunes gens : un joli minois les fait divaguer..... car vous dites qu'elle est jolie?.....

— Charmante!

— Un souffle, peut-être?

— Non! Une excellente santé. Et veuillez croire que je suis impartiale et reste plutôt en dessous de la vérité.....

Il en était convaincu ; toutefois, il voulut s'éclairer davantage, parce qu'il regardait ceci comme son devoir. L'enquête, très discrète, vint corroborer les dires de Mme des Aulnois, et il ne resta plus au colonel qu'à tenter la démarche dont le succès n'était pas douteux.

Car il ne craignait pas que M. de Laval, à son tour, remuât ciel et terre à l'entour du lieutenant d'Arfeuil. Au contraire, il y tenait, comme on tient à la lumière qui doit éclairer un passé de gloire, un présent d'honneur et un brillant avenir. Si la partie adverse pouvait soutenir avec avantage le grand jour, Pierre gagnerait aussi à être vu de près, examiné à la loupe, contrôlé dans les plus petits détails de sa vie intime, et dûment convaincu de mériter le bonheur. Ce fut donc avec une entière confiance qu'il se présenta, un soir, à Bon-Accueil.

Sa parenté avec Mme des Aulnois, voisine de campagne, fut le premier sujet de conversation qu'entama M. de Laval.

Mais le colonel n'entendait pas perdre le temps en compliments et en périphrases. De la voix ferme, impérative que donne l'habitude du commandement, il exposa le motif de sa démarche et son propre espoir de la voir aboutir. A son insu, peut-être, perçait le sentiment de l'honneur qu'il faisait à la famille de Laval en demandant la main de la jeune fille pour le lieutenant d'Arfeuil. A peine jugea-t-il bon d'esquisser à grands traits la vie du héros tombé à Reichshoffen, celle de celui qui continuait dignement la noble tradition, conscient des devoirs qu'elle lui imposait. Et son sujet le dominait de telle sorte, qu'il ne remarquait point la réserve et la gêne croissante de son interlocuteur. Un temps de silence s'établit entre eux, après l'éloge du père et du fils. Enfin M. de Laval parla, d'un ton mesuré. D'abord, il s'étendit longuement sur son respect envers l'armée, son admiration, sa sympathie profonde à l'égard de ses chefs, le vœu ardent qu'il formait pour l'apaisement des partis et la fin d'une époque troublée. Puis, en règle avec son patriotisme, après avoir dit son désir d'agréer comme gendre un soldat, il ajouta que ce désir était irréalisable, puisque ni sa femme ni lui-même ne voulaient se séparer de leur unique enfant.

Le colonel, un peu hautain, objecta que les questions de sentiment ne sont pas seules en cause, qu'il faut voir de plus haut, de plus loin, et se sacrifier soi-même par amour paternel. M. de Laval discuta ; il défendit son droit de chef de famille, démontra que nulle loi divine ou humaine ne l'obligeait à un sacrifice inutile, parfaitement injustifié, même dans le cas présent.

Cette dernière assertion mit le colonel hors de lui. Il ne pouvait comprendre qu'on refusât un d'Arfeuil par simple raison d'égoïsme ; et craignant de s'abandonner à quelque violence de langage, il prit froidement congé du châtelain de Bon-Accueil. Les deux hommes traversèrent la cour d'honneur et se séparèrent à la grille, sans se tendre la main. En s'en revenant à grands pas vers les Aulnes, l'ambassadeur éconduit mâchonnait dans sa moustache un mot qui éclata comme une bombe, lorsque sa belle-sœur accourut au-devant de lui :

— Pékin, va !.....

Mme des Aulnois resta interdite.

— Qu'y a-t-il ?..... Ça ne marche pas ?.....

Il haussa les épaules, prit du papier, de l'encre, une plume et, séance tenante, écrivit à Pierre d'Arfeuil :

Mon lieutenant, tu as fait un rêve irréalisable ; renonce à épouser Mlle de Laval. Son père — un pauvre homme! — ne la mariera qu'à un oisif ; habiter Bon-Accueil l'été, Paris l'hiver, afin de conserver une fille à ses parents, avec promesse de ne pas rompre d'une semelle : tel est le programme, bien différent du tien.....

Tu vois, mon lieutenant, qu'on ne peut compter sur le bon sens de gens dont l'âme n'a d'autre idéal que le bien-être, dont l'égoïsme raffiné fait litière de la gloire comme du sentiment.

Donc, nous passons l'éponge à grande eau sur l'image un instant visible à notre horizon et nous n'y pensons plus.

Je te serre la main et suis plus que jamais

Ton père adoptif,

Colonel DES AULNOIS.

Satisfait de sa missive, qu'il lut à haute voix, avec emphase, à sa belle-sœur, il la porta lui-même à la gare la plus voisine afin qu'elle partît le même soir. Il lui tardait qu'elle arrivât pour tout remettre d'aplomb dans le cœur de Pierre. Il le connaissait, de longue date, très fier et très fort. A l'avenir, il serait plus prudent, plus méfiant peut-être, et ne se brûlerait pas à la flamme d'une bougie comme un vulgaire papillon.

Mme des Aulnois, en sa qualité de femme, le prenait de moins haut que le colonel. Plus indulgente, plus sensible, elle comprenait qu'on tînt à ne pas se séparer d'une fille unique, surtout aussi charmante que l'était Marguerite de Laval. De son côté, elle écrivit à Pierre, autant pour excuser de bons voisins que pour compatir à sa déconvenue.

Le colonel, lui, se révoltait maintenant à la seule pensée de sa démarche et de la froideur qui l'avait accueillie. La crainte de revoir ce « pékin », de le rencontrer, soit dans la campagne, soit dans quelque demeure des alentours, lui fit prendre les Aulnes en grippe. Quelques jours à peine s'écoulèrent avant qu'il parlât de départ. Mme des Aulnois protesta mollement, pour la forme. Elle aussi redoutait le cas fortuit qui mettrait les deux hommes en présence ; mieux valait trancher la situation.

Ils se quittèrent un soir, très cordialement, mais sans effusion de part ni d'autre ; après l'ouverture de la chasse chez un ami, le colonel rejoindrait ses pénates, égayées par les fréquentes visites de Pierre, en garnison non loin de là.

— Mes amitiés à ce cher enfant!.....

Il y avait dans la voix une nuance de compassion qui l'irrita :

— Oh!..... les femmes!..... Vous imaginez-vous qu'il est malheureux?.....

— Nullement! dit-elle pour l'apaiser. Mais entre le malheur et le bonheur, il peut y avoir place pour ma sympathie.....

— Très bien! pourvu que celle-ci ne se fasse pas larmoyante. Quand vous le reverrez, en hiver, jurez-moi de ne pas vous apitoyer, ma sœur.....

— Cependant.....

— Ah!..... Voilà!..... Toujours prête aux hélas!..... D'ici là, il faut trouver le point sensible, le défaut de la cuirasse, afin, s'il vous interroge, de l'éclairer tout à fait.....

— Oh!..... le défaut de la cuirasse?..... je persiste à la trouver charmante, vous savez?.....

— Tant pis!..... Alors, ne dites rien.....

— Ceci est plus facile.....

— D'ailleurs, dans quelques mois, il y aura belle lurette, qu'il n'y pensera plus!.....

— Ainsi soit-il, mon frère..... Ainsi soit-il!.....

Le train qui sifflait couvrit la réponse du colonel. Mme des Aulnois revint à petits pas vers son home et resta longtemps accoudée au balcon de pierre, d'où elle vit descendre sur la campagne le voile flottant de la nuit. Elle allait rentrer, sentant venir la fraîcheur, lorsqu'un pas rapide se fit entendre soudain. Elle se rapprocha, regarda et, prise d'émotion, murmura d'une voix faible :

— C'est vous, lieutenant?.....

Si bas qu'elle eût parlé, il entendit :

— C'est moi!.....

Deux minutes plus tard, il entrait au salon où Mme des Aulnois était descendue.....

— Le colonel a pris le train du soir!..... s'écria-t-elle.

Le désappointement du jeune homme fut très mesuré. Il croyait, à la vérité, trouver aux Aulnes son vieil ami dont la lettre l'avait bouleversé ; mais d'apprendre qu'il était parti lui fut comme un apaisement subit.....

— Eh bien!..... j'aime mieux cela! dit-il avec franchise. Vous m'expliquerez en détail le douloureux mystère..... et je pourrai me plaindre..... sans lâcheté.....

Elle lui prit la main, oubliant, du coup, les injonctions de son beau-frère :

— Ce n'est pas lâche de regretter, mon enfant.....

— Alors, c'est irrévocable!..... balbutia-t-il ; pas d'entente possible?..... pas d'espoir?.....

— Comment voulez-vous?.....

— Oui!..... ils veulent garder leur fille..... Je le comprends..... et cependant je suis venu..... Je voulais vous l'entendre dire : quelle folie!.....

Elle le regarda, toute maternelle :

— Ne vouliez-vous pas aussi vous retrouver dans l'air de Bon-Accueil?..... C'est une imprudence!..... Mieux vaudrait, selon l'ordre du colonel, trancher dans le vif.....

Il cessa de se contraindre :

— C'est vrai..... Je n'ai pas tout dit dans ma lettre..... On ne dit jamais tout quand on écrit..... Mais quand on parle, on peut se confier..... Car ma lettre parlait d'un attrait, d'une sympathie, d'un charme si nouveaux encore qu'ils devaient pouvoir guérir..... Mais elle n'avouait pas que ma visite aux Aulnes — me le pardonnerez-vous, Madame? — avait pour but de reprendre, ou de continuer plutôt, ce qu'avait commencé l'hiver, à Paris.

— Alors, cela ne date pas d'hier?.....

Le lieutenant ébaucha un signe négatif.

Elle eut un soupir de soulagement qui éloignait toute pensée de remords.....

— Contez-moi tout, mon ami.....

— Oh! ce tout se résume en quelques mots, Madame. J'ai vu dans le monde Mlle de Laval, et j'ai saisi, depuis lors, toutes les occasions qui m'étaient offertes de la revoir.....

— C'était dangereux!.....

— Je ne le pensais pas. Ai-je su tout de suite que j'aimerais?..... Et, d'ailleurs, je croyais m'apercevoir que je ne serais pas éconduit.....

— Ah?.....

— Mais je me trompais, ajouta tristement Pierre d'Arfeuil. Mlle de Laval savait qu'elle n'épouserait pas un officier.....

— Eh bien, mon ami, dit maternellement Mme des Aulnois, bien qu'il soit douloureux de renoncer à un projet cher, il le faut, et sans tarder. En cela, nous revenons à ce que dit le colonel, bien qu'il nous faille plus de courage et que nous ayons plus de regret qu'on ne peut le supposer.....

Elle hésita, et plus doucement encore :

— Vous partirez demain.

Il ne répondit pas. Cette décision le peinait, mais il la sentait nécessaire. L'élan qui l'avait porté aux Aulnes pour lutter contre l'arrêt, le discuter encore et s'apitoyer sur soi-même lui paraissait maintenant inutile et blâmable. Sa pensée se traduisit par une supplique :

— Nous garderons le secret de cette soirée, n'est-ce pas, Madame?..... Elle n'est pas bien digne d'un soldat!.....

— Mon Dieu, mon enfant, ce soldat est un homme..... un très jeune homme..... Il n'y a pas de honte à souffrir..... car plus on souffre, plus il est beau de se résigner.....

— Me résigner!..... s'écria-t-il avec une sorte de violence.

Il secoua négativement la tête. Mme des Aulnois lui fit servir une collation et chercha à le distraire en changeant de conversation, puis elle le conduisit à sa chambre.

— Dormez, mon enfant! Ne vous levez pas de bonne heure. Nous aurons tout le temps de déjeuner ensemble avant le départ.

Cette délicate sympathie lui mit du baume dans l'âme ; mais le sommeil n'obéit pas à une injonction. Les Aulnes étaient trop près de Bon-Accueil pour qu'il ne fût pas troublé de ce voisinage.

Après une nuit d'insomnie, il se leva, et, doucement, pour n'éveiller personne, descendit au jardin, gagna le couvert des arbres sous lesquels la main de l'automne étendait déjà un tapis moelleux. Ce matin de septembre était merveilleux ; l'air, d'une douceur incomparable, se chargeait du parfum pénétrant des regains étendus sur les prés ; les arbres fléchissaient sous le poids de fruits empourprés, et la vigne, étagée sur le flanc des coteaux dont la base plonge dans la Loutre, se couvrait d'une rosée sous laquelle brillaient les raisins d'un beau noir.

Cette splendeur de la nature entraîna le lieutenant loin des Aulnes ; il était arrivé au petit pont jeté sur la rivière, lorsqu'une femme apparut de l'autre côté, précédée d'un chien danois. L'animal gronda, découvrant ses dents blanches :

— Paix, Sultan !

Et, calme, d'un port de déesse, les yeux rivés aux flots mouvants, elle traversa la passerelle, passa près du jeune homme immobile sur la rive droite, le képi à la main. Il pâlit. Elle rougit jusqu'au front en saluant légèrement.

Il chancelait en continuant sa route et, par un détour, revint aux Aulnes où il erra quelque temps dans le parc.

Quand il fut en vue du château, une voix le fit tressaillir.

— Mon cher enfant, vous avez manqué le train !.....

L'enveloppant d'un coup d'œil, Mme des Aulnois passa son bras sous celui du jeune homme qu'elle fit entrer au petit salon.

— Pierre..... Qu'y a-t-il ?.....

Simplement il répondit, presque bas :

— Je l'ai revue !.....

Elle joignit les mains sans rien dire :

— Je ne la cherchais pas..... non..... je vous jure ! murmurat-il. J'aurais fui, même, si j'avais pu fuir.

Mme des Aulnois eut un hochement de tête peu convaincu ;

mais il n'y avait pas plus à blâmer qu'à philosopher, en cette occurrence ; elle le comprit.

— Alors..... Puisque nous ne pouvons rien?.....

— Qui nous l'assure? reprit-il avec une sorte de violence. Mon tuteur?..... Vous le savez, comme moi, des plus intransigeants. Que s'est-il passé dans l'entrevue où se jouait plus que ma vie, mon bonheur?..... Peut-être qu'un peu de patience..... de mansuétude eussent modifié la décision..... Le commandant a sabré tout ce qui ne cadrait pas avec sa manière de voir..... Ce « pékin » ne méritait pas qu'on y mît des formes ni qu'on essayât de le persuader.....

— Hélas!..... l'arrêt était formel.....

— Qui sait?..... M. et Mme de Laval ne veulent pas se séparer de leur fille ; ne puis-je changer de garnison? aller à Paris?..... Là, s'ils le veulent même, nous habiterons ensemble..... ils la verront à toute heure, tous les jours..... Car ce n'est pas un inoccupé, n'est-ce pas, qu'ils demandent? Ils ne repoussent pas l'officier, mais le ravisseur?.....

Pierre d'Arfeuil parlait avec tant de conviction, d'une voix si émue, si chaleureuse, que Mme des Aulnois n'eût pas été femme si elle ne se fût laissé toucher.....

— Voyons, mon ami..... mon enfant..... que dois-je faire?..... dit-elle, vaincue.

Il lui prit la main, la porta à ses lèvres.

— Que vous êtes bonne! Je vous aime de tout mon cœur!

— Bien! très bien!..... reprit-elle en riant. Vous m'aimez parce que je suis faible, moi..... parce que je ne vous contredis guère..... que je me laisse séduire par vos arguments.

— Vous voyez, vous êtes séduite; donc vous espérez?.....

— Pas du tout! protesta Mme des Aulnois, pour la forme. Je connais trop les de Laval..... Ils tiennent essentiellement à leurs décisions..... Donc, ils ne céderont pas.....

— Pourtant, s'ils approuvaient mon projet, à moi?

— Peut-être..... J'essayerai.....

— Que vous êtes bonne! dit-il de nouveau.

Il ajouta, sur le ton de la prière :

— Vous serait-il impossible de le faire aujourd'hui?.....

— Au contraire..... j'irai ce soir.....

Elle pensait qu'il valait mieux trancher définitivement une situation d'autant plus délicate que le lieutenant se reprenait à l'espoir ; tandis qu'elle-même, sans l'aveu du colonel, s'engageait dans une entreprise qui aurait, sans aucun doute, la désapprobation de ce dernier.

Ils déjeunèrent en tête à tête, presque gaiement, causant de choses et d'autres pour essayer de tromper leur impatience et la crainte latente d'un second insuccès. Puis Mme des Aulnois commanda d'atteler et reparut bientôt en grande toilette, cachant sous un sourire sa secrète émotion.

— Dans une heure, au plus tard, je serai de retour.....

Pierre regarda le landau jusqu'à ce que l'attelage ne fût plus qu'un point à peine perceptible et qui disparut subitement au détour du chemin. Le sort en était jeté! Encore une heure, et il saurait si c'en était fait, à tout jamais, de son espoir.....

II

Mme des Aulnois fut introduite au salon où étaient réunis M. et Mme de Laval et leur fille. La présence de Marguerite enchanta l'ambassadrice, désireuse de recueillir toutes les opinions. L'idée lui était venue que les parents n'avaient pas révélé la démarche du colonel, puisque celle-ci ne devait pas aboutir ; aussi elle la rappela, à tout hasard, et eut la satisfaction de voir rougir sa petite amie.

Elle rougissait facilement, bien que pas timide ; d'un mouvement de tête un peu hautain, elle corrigeait cette émotion gênante, et, ce jour-là surtout, elle le rendit plus fier.

— C'est bien!..... Cabrez-vous, ma petite belle, pensait Mme des Aulnois ; mais tout ceci est un bon point à l'avoir du lieutenant d'Arfeuil.

M. et Mme de Laval écoutèrent avec attention et déférence

les paroles de leur voisine ; ils la remercièrent de cette nouvelle démarche qui leur laissait plus de regrets encore, car
leur volonté ne changerait pas.

Plus souple, plus diplomate que le colonel, sa belle-sœur ne
se découragea ni ne s'indigna. Elle admit le désir très légi-
time du père et de la mère et proposa, comme il était convenu
avec Pierre, le *modus vivendi*. Mais celui-ci offrait des difficultés qu'ils jugeaient insurmontables.

Et, d'abord, changera-t-on si aisément de garnison ?.....
Admis à l'Ecole de guerre, le lieutenant ne pourrait venir à
Bon-Accueil ?..... Ce serait six mois de séparation..... de soli-
tude..... Non !..... vraiment, cela ne se pouvait pas..... c'était
un projet impossible à tous les points de vue.

— A moins de démissionner.....

Ceci fut dit par Marguerite d'une voix calme, mesurée,
qui n'eut pas d'écho. Alors elle sourit, ajouta négligemment :

— Mais ceci ne se fait pas !

— Pourquoi ? demanda machinalement Mme des Aulnois.

— Parce qu'il faut aimer beaucoup....,.

— Il vous aime, ma chère enfant ! Toutefois.....

— Sans doute. On ne sacrifie pas sa position.

Deux fillettes montrèrent à la fenêtre leur minois rosé ; la
jeune fille se leva :

— Mes enfants du catéchisme ! Au revoir, Madame, dit-
elle souriante, plaçant sa main dans celle qui lui était tendue.

Son départ créa une gêne que Mme des Aulnois abrégea
bientôt. Non, le colonel n'exagérait rien : ces parents restaient
de marbre et s'en tiendraient toujours à l'ultimatum qu'ils
avaient posé.

— Vous feriez comme nous, chère voisine, disaient-ils pour
adoucir leur refus.

— Peut-être, mes voisins.....

— Non, allez ; il n'y a pas de peut-être. Quand on n'a qu'une
fille, on la garde..... Nous sommes des avares, soit ! Mais nous
savons le prix de notre trésor.....

Quand Mme des Aulnois monta dans sa voiture, elle

ordonna au cocher de ne pas presser ses chevaux. Autant elle avait eu hâte d'arriver à Bon-Accueil, autant elle redoutait de revoir les Aulnes où l'attendait le lieutenant.

Comme elle regrettait d'avoir cédé à ses instances, partagé ses illusions! Pour avoir voulu aplanir l'obstacle, elle allait lui porter un second coup, plus douloureux que le premier.

Soudain, elle tressaillit. Poussé par l'impatience, Pierre venait au-devant d'elle. Mme des Aulnois mit pied à terre, laissant le cocher continuer son chemin.

Pierre rejoignit la bienveillante femme qui lui tendait les deux mains.

— Allons, mon enfant, c'est bien ce que le colonel nous a dit..... Plus de doute; je les ai vus tous.

— Tous?.....

— Oui ; *elle* était au salon avec son père et sa mère....., Dès mes premières paroles, *elle* a rougi......

— Ah?.....,

Et, posant son bras sur celui que Pierre lui offrait, elle conta par le menu sa visite, ses impressions, les moindres paroles échangées pendant cette demi-heure longue comme un siècle, et où son éloquence n'avait pu gagner un pouce de terrain.

Avec une effusion triste, il la remercia, lui demanda pardon d'une voix filiale et tendre qui l'émut jusqu'au cœur. Encore un peu, elle eût donné libre cours à ses larmes ; mais elle les retint pour ne pas augmenter son chagrin à lui. Elle ne protesta pas lorsqu'il montra son désir de partir sur l'heure ; elle jugeait la décision trop sage pour essayer en rien de le retenir. Donc, au lieu de continuer à suivre la route des Aulnes, ils tournèrent à droite et atteignirent bientôt la gare où se formait le dernier train. De part et d'autre, l'adieu fut affectueux, mélancolique. Et quand elle se retrouva seule, avec ses pensées, sur le chemin de sa demeure, la châtelaine porta plusieurs fois son mouchoir à ses yeux.

* * * * * * * * * * * * * * * * * * * *

Marguerite regrettait d'avoir rougi, et dans des circonstances où elle eût voulu témoigner de son sang-froid.

Très riche, très belle, elle était très recherchée. L'élément militaire, surtout, tentait de fréquentes reconnaissances du côté de Bon-Accueil. Après les grandes manœuvres, deux hussards de Pont-à-Mousson et trois dragons de Lunéville avaient eu l'illusion d'une victoire possible, très vite désabusés, d'ailleurs, par M. de Laval. Le lieutenant d'Arfeuil venait en sixième ligne ; mais l'indifférence acquise à ses devanciers ne pouvait se faire aussi complète à son égard. On l'avait rencontré à Paris dans plusieurs soirées ; en Lorraine, les relations de bon voisinage qui existaient entre les Aulnes lui valaient une invitation au bal champêtre donné par Bon-Accueil. C'était donc plus délicat, peut-être plus regrettable de répondre à sa demande par un refus. Et si l'on songe que ce refus avait dû être formulé deux fois, on comprendra la rougeur dont le souvenir désolait Marguerite de Laval. Ce regret provenait d'une fierté excessive, tout autant que d'un bon cœur. Le désir naturel d'être aimée se heurtait dans son âme, avec la crainte ombrageuse que l'amour s'inspirât surtout de sa très grosse dot et la reléguât elle-même au second plan. Peu communicative, elle gardait cette terreur, ce secret douloureux, ce doute qui jetait une ombre — la seule ! — sur son heureuse vie. Est-ce que maints exemples de ces mariages guidés par l'intérêt seul, où l'affection tient si peu de place, ne s'offraient pas à ses yeux comme l'un des périls qui la menaçaient elle-même ? L'éviter devenait sa pensée constante ; mais où trouver la pierre de touche, celle qui l'établirait à jamais dans une confiance inébranlable, une sécurité absolue ?

Après le départ des enfants du catéchisme, elle s'assit au piano, feuilleta la musique d'abonnement arrivée le jour même, y trouva une romance qu'elle se prit à déchiffrer de sa voix très belle, aux notes graves, qu'une méthode parfaite faisait encore valoir.....

> Ici-bas, tous les lilas meurent,
> Tous les chants des oiseaux sont courts ;
> Je rêve aux étés qui demeurent
> Toujours!

Sa mère, entrée sans qu'elle s'en aperçût, lui mit sa main sur la bouche :

— Pas cela, mon enfant !..... Les poètes ont une façon charmante de semer la mélancolie, et il ne faut pas prendre au pied de la lettre un pessimiste outré. Si les lilas meurent, ils renaissent, et ce renouveau est plus doux à l'âme qu'un printemps perpétuel. A ton âge, peut-être, on prend une fleur flétrie pour l'emblème de l'existence..... Je me rappelle, moi, avoir pleuré sur la rose qui vit « l'espace d'un matin »!..... Je le répète donc, tout ce rythme est très harmonieux, mais c'est du rythme..... Le bonheur n'est pas si court, si fragile, ni si insaisissable que les gens d'imagination veulent nous le persuader..... Je le sais d'expérience, ajouta-t-elle en souriant.....

— Oh! vous, mère, vous êtes une privilégiée.....

— Sans doute ; mais je ne détiens pas le monopole de ce privilège : ce serait douloureux!..... Le tout est de bien méditer..... de bien examiner....., d'exiger de solides principes..... de se confier à Dieu.....

— Et à ses parents.....

— Oui, à ses parents! dit Mme de Laval avec ferveur. C'est ce que j'ai fait moi-même : en ai-je été bénie?..... Mon père a agi comme nous agissons, exigeant que son gendre vive de la vie de famille, dans son intimité, déférent de ses goûts, de ses habitudes, afin de continuer, sans jamais s'en départir, les bonnes, les saines traditions..... Et je suis touchée aux larmes, continua-t-elle, lorsque je pense à l'admirable conduite de mon mari envers eux, à ses attentions filiales, à toutes les délicatesses de son grand cœur!..... Crois-moi, chère petite, on ne juge bien d'un homme que par le sacrifice qu'il peut faire : c'est le gage le plus sûr, le plus certain d'un amour profond.....

Marguerite écoutait, pensive. En fille bien née, elle avait toute confiance en sa mère, dont les paroles étaient propres à calmer ses craintes et à ramener le calme dans son âme troublée. Pourquoi se créer de poignantes chimères, au lieu de se fier simplement à la sagesse des êtres si parfaits qui la regardaient comme leur unique bien? Oui, on ne juge d'un cœur que par son abnégation, par sa tendance à s'oublier soi-même et le respect qu'il porte aux ascendants.....

Et, relevant la tête de ce geste à la fois charmant et hautain qui lui était familier, la jeune fille se défia de pouvoir rougir encore lorsqu'une circonstance fortuite la mettrait en présence d'un prétendant, se nommât-il Pierre d'Arfeuil.

III

Le gibier abondait, cet automne, dans les chasses de M. de Laval. Il désira prolonger plus que de coutume son séjour à Bon-Accueil, et sa femme, toujours soucieuse de lui plaire, y accéda volontiers.

Ce fut seulement en janvier que le château montra fenêtres closes, rendu plus silencieux encore par le tapis de neige subitement étendu sur tous ses abords, la nuit même du départ. Paris fit fête aux retardataires. On se plaignit de leur longue absence et on les força, en quelque sorte, à la faire oublier par là fréquentation assidue de tous les bals de la saison. Le moyen, d'ailleurs, de s'abstenir de paraître à la soirée de la comtesse X..., quand on acceptait d'assister à celle de la baronne Z...? Le monde est un engrenage qu'on ne peut enrayer comme on veut. Il y avait toutefois, pour M. et Mme de Laval, une compensation à ces fatigues quotidiennes : celle de voir briller leur fille, de jouir de ses succès. Marguerite, dans le feu des lustres surtout, était d'une beauté souveraine : dès qu'elle paraissait, un murmure d'admiration s'élevait de toutes parts. Une cour respectueuse et discrète se formait autour d'elle, désireuse de lui plaire, de mériter l'un de ses regards. Et, naturellement, cette cour se composait des prétendants plus ou moins avoués de Mlle de Laval. Le bruit s'était répandu de la condition expresse imposée au gendre futur. Beaucoup l'acceptaient, ne voyant pas d'obstacle à la vie oisive qu'elle leur créerait, s'ils ne l'avaient déjà. Deux d'entre eux surtout s'autorisaient de certaine bienveillance

des parents de la jeune fille pour espérer le prochain triomphe
dont ils parlaient déjà sous le manteau. Ils étaient de bonne
souche, de fortune indépendante, de mœurs pures, d'extérieur
distingué. Ils aimaient la campagne et n'aimaient pas moins
la ville ; l'un peignait à ravir et montait à cheval ; l'autre faisait de l'automobile et jouait à miracle du violon. Ce qu'ils
avaient de parfaitement commun, c'était leur amour de la
famille et une propension heureuse à voir l'époque actuelle
sous le même jour que la regardait M. de Laval. Leurs entretiens formaient un concert où jamais n'éclatait une fausse note
et où l'harmonie du présent présageait celle de l'avenir.

Les qualités, les vertus, les dons naturels et acquis de ces
deux jeunes hommes fournissaient une ample matière aux
entretiens intimes des châtelains de Bon-Accueil. Ils vinrent
à en parler devant leur fille, pour la préparer à une requête
prochaine et l'incliner vers la réflexion.

Marguerite écoutait, sérieuse, sans cesser de tirer, avec une
régularité parfaite, son aiguille à tapisserie. Quand son père
exaltait la peinture et le sport, elle approuvait du bout des
lèvres, et dès que sa mère louait l'automobile et le violon, elle
souriait en signe d'assentiment.....

Il fallait en finir avec cette double question d'art. La dernière soirée du carnaval était tout indiquée pour trancher la
situation. Elle se donnait en l'élégant hôtel d'une amie de la
famille de Laval, tenue un peu au courant des projets matri-
moniaux. Cette amie aimait les idylles et s'ingéniait volontiers à ce qu'elles se déroulassent dans ses salons. Avec un
goût exquis, elle disposait, ici et là, quelque oasis de verdure
qu'enclosait un paravent de Chine ou du Japon, afin qu'à l'abri
de tout regard indiscret, les jeunes prédestinés pussent évoquer l'avenir.

Une fois qu'elle les savait là, en sérieuse conférence, elle
faisait bonne garde pour qu'un fâcheux ne troublât pas leur
aparté.

— Un entretien interrompu est comme un dîner réchauffé,
disait-elle souvent.

Ce soir-là, tandis que la troisième valse battait son plein, Marguerite — qui ne valsait pas — et ignorait les complots formés autour d'elle cherchait un abri où elle pût renouer le flot de son soulier. L'une des oasis la tenta par son mystère et sa fraîcheur. On l'eût dit même faite exprès pour elle, formée de gros buissons de pâquerettes surmontés de palmiers verts. Et, dans ce petit rond-point, deux tabourets placés face à face complétaient le décor.

Elle s'assit, déploya son éventail, heureuse de respirer à l'aise, les yeux mi-clos, l'oreille attentive au rythme entraînant que marquait le pas des danseurs.

Soudain, elle tressaillit. Quelqu'un pénétrait dans le bosquet.

Elle leva la tête et vit le lieutenant d'Arfeuil.....

Il n'avança point, se tint debout, très pâle, l'air si résolu néanmoins qu'elle ne put s'empêcher de rougir.

Il ne profita pas de cet avantage : c'était sa vie qu'il jouait une fois encore, sur un enjeu dont elle ignorait la valeur. Incliné devant elle, et, d'une voix rapide, car les instants étaient comptés, il parla, très concis, presque bref :

— Veuillez me permettre, Mademoiselle, de vous rappeler une parole que vous avez prononcée devant Mme des Aulnois : il s'agissait de démission!.....

Il souligna *démission* et continua, visiblement ému :

— Serais-je autorisé à penser qu'en démissionnant je pourrais — il ferma les yeux — aspirer..... au bonheur?.....

Un silence se fit, pendant lequel on eût pu entendre leurs cœurs battre à coups redoublés.

Puis, au lieu de ce mouvement de tête en arrière qui était sa manière à elle de protester ou de s'indigner, elle baissa le front, peut-être pour en céler une nouvelle rougeur.

Alors il s'inclina plus bas, si respectueux et dans un tel élan de joie inénarrable qu'elle sourit, mais se leva et sortit de l'oasis en y laissant le lieutenant.

— Chère belle, je vous cherchais, s'écria l'amie de la famille. Vous désespérez vos danseurs!.....

Marguerite allégua un peu de fatigue ; mais les bosquets lui étaient devenus suspects ; elle n'eut garde de s'attarder à y prendre du repos. Elle rejoignit sa mère et lui dit à l'oreille :

— Partons! je vous en prie, maman.....

Mme de Laval plongea ses yeux dans les yeux de sa fille ; elle les vit troublés, mystérieux, attendris, et ne résista pas. A peine en voiture, d'un bras passé à l'entour de sa taille, elle la rapprocha d'elle :

— Ma bien-aimée! Le comte de X... ou le marquis de Z...?

— Ni l'un ni l'autre, maman : le lieutenant d'Arfeuil.....

— Oh!..... Marga!.....

— Rassurez-vous!..... Il donne sa démission!.....

Elle prononça ces mots d'un ton de suprême triomphe. Cette décision d'un homme jeune, fils d'officier, appelé lui-même à un bel avenir, était la pierre de touche qui prouvait à la jeune fille la profondeur, l'étendue et la force de son amour.

— Voyez-vous, mère, il me fallait une preuve!..... Jamais je n'aurais consenti à épouser soit le marquis, soit le comte..... Qu'est-ce que cela leur fait d'habiter ici ou là?..... Ils sont libres!..... Partout l'on s'occupe de peinture et l'on monte à cheval..... Partout on roule en automobile ou l'on joue du violon..... Mais lui!..... Il renonce à sa carrière,..... à une carrière qui a ses sympathies....‚ Une carrière de famille, maman!.....

L'étreinte se resserra ; alors elle se confia tout à fait :

— Je ne vous le disais pas..... seulement, je souffrais..... oh! combien..... d'être riche, si riche que ma fortune me semblait le point de mire des prétendants.....

— Tu n'es pas seulement riche, ma fille.....

— Que voulez-vous?..... Je vois dans le monde tant d'ambitions..... J'entends parler de tant de mariages que guide le seul intérêt..... J'avais peur, moi aussi, de subir le sort de ces héritières..... et j'en sais de bien charmantes!..... que l'on épouse pour leur argent.....

— Tu es heureuse, alors?.....

— Bien heureuse! dit-elle d'une voix contenue. Ne m'avez-vous pas dit vous-même qu'on ne juge bien d'un homme que par les sacrifices qu'il peut faire?..... Celui-ci est réel..... Jamais je ne l'aurais imposé!.....

— Cependant..... cette parole dite à Mme des Aulnois?.....

— Elle était irréfléchie..... Mme des Aulnois ne l'avait pas discutée..... ou à peine..... comme l'on fait d'une chose qui ne saurait tenir debout.....

— Pourtant elle l'a redite..... puisque M. d'Arfeuil a pris la balle au bond?.....

— Oh! mère, pas si au bond que cela, allez!..... Voilà plus de cinq mois qu'il la médite..... Plus de cinq mois qu'il lutte..... car il a lutté..... et c'est moi qui l'emporte..... sur tout..... sur tous!.....

Le coupé arrivait à l'hôtel, rue de Rennes, et M. de Laval y atteignit en même temps..... Il avait pris une voiture de louage, assez inquiet et surtout intrigué de la disparition subite de sa femme et de sa fille, bien avant la fin du bal.....

— M'expliquerez-vous?..... Qu'est-ce qui se passe?..... S'enfuir comme Cendrillon sur le coup de minuit!..... Et le marquis?..... et le comte?..... Ah!..... Ce n'est pas ce soir encore que le choix de mon gendre sera fait!.....

Elle s'élança dans les bras de M. de Laval.

— Eh bien, vous vous trompez, père chéri!..... Le choix..... L'heureux choix est fait..... et je suis si heureuse!..... J'ai trouvé le cœur le plus grand, le plus noble, le plus généreux.....

— Son nom?..... Son nom, Marga?.....

— Le lieutenant d'Arfeuil.

Elle souriait, mais lui avait pâli :

— Rassurez-vous, père!..... Le lieutenant donne sa démission.....

— Sa démission!..... Et le colonel?.....

— Le colonel!..... Mais..... M. d'Arfeuil a l'âge de raison.....

Elle relevait la tête d'un beau geste de bravade et ajouta, comme se parlant à elle-même : « Le bonheur l'empêchera-t-il d'être reconnaissant?..... »

— Non ; mais cela ne s'accomplira pas sans combats, ma fille..... Ces vieux militaires sont des autocrates..... Le moins qu'il fera sera de déshériter ce fils d'adoption.....

— Tant mieux!.....

Elle souriait, les narines dilatées, l'œil brillant, lumineux. Que le lieutenant renonçât à sa carrière, à la fortune promise, n'était-elle pas assez belle et assez riche pour qu'il ne regrettât rien, oh! rien de ce qu'il jetait à ses pieds?

Elle l'en aimait davantage, s'exaltait à l'obstacle même dédaigné et n'attendit pas, d'ailleurs, qu'il se rendît libre pour se fiancer à lui, sans apparat, dans l'intimité de la famille, seule compatible avec la profonde joie de son cœur. Et ce fut le soir même des fiançailles que Pierre, grisé lui aussi par cette félicité unique, écrivit au colonel pour lui faire part de l'heureux événement.

Il reçut en réponse un télégramme : « Le colonel des Aulnois recevra, dimanche prochain, le lieutenant d'Arfeuil. »

C'était une mise en demeure de venir affronter la tempête, de comparaître en personne devant le juge le plus inflexible, le plus intransigeant qui fût jamais et de penser aux violences, aux anathèmes, à la brouille, à la rupture définitive qui résulteraient de cette entrevue, exalta son énergie, doubla la résistance, la force de son amour. Lutter pour *elle*, souffrir pour *elle* lui semblait si doux!.....

Et quand il heurta, au jour indiqué, à la porte de *Brique-ville*, ce domaine en Seine-et-Oise où M. des Aulnois passait les trois quarts de l'année, il se sentait résolu comme le soldat qui prétend, jusqu'à son dernier souffle, défendre son bien-aimé drapeau.....

Le vieux Minique vint ouvrir ; il recula de surprise :

— Mon lieutenant?.....

Depuis longtemps déjà *Briqueville* n'avait vu le jeune homme dans ses murs ; aussi reprit-il, convaincu :

— Mon lieutenant arrive bien à propos!..... Depuis quelques jours qu'il a une attaque de goutte, mon colonel ne mange ni ne dort..... Je l'entends gémir toute la nuit et je ne peux rien, puisqu'il me défend d'y venir voir!..... « Laisse-moi en paix, Minique. Personne au monde n'a le pouvoir de me guérir!..... »

Et, plus expressif encore, le vieux serviteur ajouta :

— Mais vous, mon lieutenant, c'est autre chose!..... Vous n'avez qu'à vous montrer, et il sourira.....

Cette confiance fit frémir Pierre d'Arfeuil. Au même moment, une voix autoritaire — toujours la même! — demanda de l'étage supérieur :

— Qui va là?.....

Alors, d'un pas ferme, le lieutenant gravit les marches de l'escalier de pierre, atteignit le palier et recula involontairement en apercevant le colonel. Hier encore, ce dernier avait un automne si robuste qu'il ressemblait à une belle fin d'été ; mais, subitement, l'hiver était venu, ravinait les traits, donnait à la peau une teinte de vieil ivoire et semait à gros flocons sa neige dans les cheveux largement décimés.

— Vous êtes souffrant?..... balbutia Pierre d'Arfeuil.

— Oui....., c'est au cœur.....

Il désignait un fauteuil. Le lieutenant s'assit, très troublé. Il y eut quelques secondes de silence, des secondes plus longues que des minutes ; le colonel parla le premier :

— Pierre, tu ne feras pas *cela*, mon enfant!.....

Il tressaillit, la bataille était engagée.

Eh bien, si, il le ferait!..... et pourquoi ne le ferait-il pas?

On ne sacrifie pas son bonheur à une idée..... à un principe..... quand on a vingt-cinq ans, on a le droit d'être heureux..... et quand on ne peut l'être que par un sacrifice, on le fait, si on aime.....

Il aimait, non d'un amour inspiré par le caprice, l'intérêt, la passion, mais d'un amour profond, qui serait durable étant très pur, puisqu'il avait pour objet la grâce, la pureté, la beauté exquises de Marguerite de Laval.....

— Tu ne feras pas cela, Pierre! reprit une seconde fois le colonel ; et il y avait en cette nouvelle sommation faite d'une voix presque suppliante une telle autorité jointe à un tel

navrement qu'elle s'imposait comme un ordre rigoureux.
Non! il n'alléguait même point le passé familial, le souvenir
héroïque de gloire et d'honneur, le travail opiniâtre par
lequel le fils s'était frayé la route où le père avait marché si
noble, si grand, inoubliable à tous ; car le travail, l'effort qu'il
demande, le succès qu'il amène attachent étroitement un
homme à sa carrière et la lui font doublement chérir......

Mais tout ceci était sous-entendu dans l'énergique : « Tu ne
feras pas cela, Pierre!..... » qui frappait comme d'un maillet
de fer la volonté du lieutenant......

— Que puis-je?..... Voyons, que puis-je? balbutiait-il.

— Si tu faisais *cela*, tu n'aimerais plus la France, tu n'aimerais plus l'armée!..... Ne proteste pas!..... On n'abandonne
pas ce qu'on aime ; c'est toi qui le dis!..... et la défection est
odieuse dans les circonstances présentes..... C'est un soufflet
brutal sur la joue meurtrie par les politiciens!..... et ce soufflet, c'est toi, officier, fils de héros, qui t'apprêtes à le
donner?..... Oh!..... Pierre..... mon enfant..... tu as un ban-
deau sur les yeux..... mais il tombera un jour, et te laissera
aux prises avec le remords!.....

— Je n'y puis rien!..... Je n'y puis rien!.....

— Tu peux au moins sauver les apparences?..... Démissionner, c'est rompre ouvertement, irrémédiablement avec ta
carrière..... C'est dire à tous, c'est crier à chacun : Je ne veux
plus!..... La suive qui voudra!..... Je préfère cheminer aux
côtés d'une femme que de m'attacher à la fortune de la Patrie
en deuil!.....

— Mais non!..... mais non!..... Vous exagérez, mon
père!..... Combien d'autres — des meilleurs — ont fait ce que
je ferai demain.....

— Que m'importe les autres!..... Les ai-je élevés, protégés,
instruits ; ai-je été le père de ces orphelins?..... ai-je juré à
leur père à eux, mon frère d'armes, de leur montrer la voie,
de leur enseigner l'honneur?..... Ces autres, d'ailleurs, sont-ils
tous doués comme toi-même, supérieurs par l'intelligence.....
par l'esprit..... par le cœur?.....

Le colonel, mortellement pâle, cramponné au bras de son fauteuil, se renversa soudain, les yeux clos, avec un profond soupir..... Pierre, affolé, sonna Minique. Il accourut.....

— Encore une syncope!..... La troisième depuis deux jours!.....

Tout en prodiguant des soins à son maître, il se lamentait :

— Ah!..... mon lieutenant...... vous verrez..... ça finira mal!.....

Quand le malade reprit ses sens, qu'il rencontra le regard anxieux de son fils d'adoption, qu'il reprit, d'une voix faible comme un souffle :

— Ne démissionne pas..... mon enfant!.....

Pierre, vaincu, se pencha jusqu'à son oreille :

— Pour vous obéir, mon père, je me ferai mettre en disponibilité!.....

Cette résolution, annoncée le lendemain à M. de Laval, lui causa un subit émoi. Mais le lieutenant s'empressa de détailler les motifs qui l'avaient amenée, si puissants, si respectables, si justifiés par la maladie du colonel, que la future famille les admit et lui donna raison. Il tint, d'ailleurs, à calmer les craintes qu'il lisait dans tous les yeux : Je vous donne ma parole d'honneur que cette mesure, prise uniquement par déférence pour M. des Aulnois, équivaut à ma démission!.....

Les fronts s'éclaircirent et, le ciel des espérances se trouvant désormais sans nuages, l'époque du mariage fut fixée au printemps.....

<h2 style="text-align:center">IV</h2>

M. de Laval lisait les *Débats* et haussait les épaules :

— C'est ça la liberté?.....

Il tourna la tête vers sa fille, assise dans l'embrasure de la fenêtre, un ouvrage de broderie sur les genoux. Elle ne répondit pas, occupée à regarder la campagne assombrie par une pluie persistante et torrentielle :

— Un vilain temps qu'il choisit, Pierre, pour se promener.....

Cette fois, elle tressaillit, comme piquée par un aiguillon ; et, d'une façon véhémente que ne semblaient pas justifier les paroles de son père, elle demanda pourquoi la pluie, ou la grêle, ou la neige, ou tous les éléments réunis empêcheraient un homme jeune de monter à cheval, surtout en une contrée où les distractions n'abondaient pas ?.....

— Oui, sans doute...... disait M. de Laval, conciliant.

Il ajouta :

— La chasse va venir..... nous organiserons des battues...., C'est un très bon tireur, ton mari !.....

Elle retomba dans le mutisme et se mit à tirer l'aiguille avec activité. Mais ceci dura peu. Elle se sentait nerveuse, si nerveuse depuis quelque temps !..... Elle plia sa broderie, sortit de la bibliothèque où son père se replongeait dans la lecture du journal, évita le salon où se trouvait sa mère et s'enferma dans sa chambre : la chambre du balcon. Là, bien seule, toute sa philosophie tomba sans coup férir. Sans s'inquiéter du vent presque glacial et des ondées qu'il lui envoyait en plein visage, elle s'accouda à la balustrade de fer, les yeux fixés vers la route dont les peupliers marquaient les sinueux contours, mais qui lui devinrent peu à peu indistincts à travers le voile de larmes étendu sur ses yeux.....

Pleurer quand on est heureuse ?..... Quand le mari a tenu toutes les promesses du fiancé ?..... Trois ans déjà, et pas un nuage !..... rien que des souvenirs très doux dans l'entente parfaite des cœurs !.....

Au début, ils avaient voyagé : voyage enchanteur où, dans des pays de rêve, ils continuaient leur rêve à deux, sans se lasser, avec le seul désir de le faire durer toujours.

Il durait encore, en ce que l'amour n'avait pas faibli, qu'il restait aussi tendre, avec ses illusions intactes, ses admirations jamais déçues, son prestige tout entier.

Et le milieu dans lequel ils vivaient ne pouvait porter atteinte à leur bonheur. M. et Mme de Laval étaient des parents raisonnables, des beaux-parents modèles. S'ils n'avaient pas voulu se séparer de leur fille, n'ayant qu'elle, leurs rapports avec les jeunes époux se marquaient au coin d'une extrême prudence et d'une indulgente affection. A Paris, bien que vivant sous le même toit, ils ne prenaient pas leurs repas ensemble ; vivre chacun selon ses goûts leur semblait un sage axiome, et ils le mettaient à exécution. A Bon-Accueil, l'existence un peu différente les rapprochait davantage ; le château, très vaste, exigeait toutefois la cohabitation.....

— Mes enfants, s'il vous plaît d'y adjoindre une aile, j'en ferai les frais.....

Jusqu'alors, ceci ne leur avait point plu. Le régime de liberté tenait à la campagne comme ailleurs ; et si Marguerite, tout à l'heure, semblait la revendiquer avec un peu d'impatience, c'est qu'elle aimait se battre, de temps à autre, contre les moulins à vent. Ceci la calmait. Lorsqu'on ne peut déterminer le point précis du mal, on essaye d'un dérivatif. Mais tous ceux employés jusqu'alors ne l'avaient pas fait disparaître. Il était là, très vague d'abord, puis plus visible, bien réel, tout en restant imprécis. Un soir de printemps, dans le parc où ils se promenaient ensemble, elle avait tendrement interrogé son mari :

— Dis-moi ce que tu as?..... Ce qui te chagrine?..... Il y a entre nous deux un point obscur..... Quel est-il?..... Parle.....

Pierre s'était pris à rire, d'un rire très naturel qu'avait reproduit l'écho du vallon.

— Quelle imagination inventive, chère femme!..... Le tableau de notre vie est-il si uniforme qu'il faille y mettre des ombres à plaisir?.....

— Alors,..... Je me trompe?....., C'est bien vrai?.....

— Bien vrai!.....

Et un baiser avait ponctué l'assertion.

Mais, à ce moment même, glissant entre les hautes futaies, un rayon de lune éclaira son visage : il démentait ses paroles. Marguerite ne dit rien ; et depuis ce jour elle eut peur.....

Cependant, il s'observait davantage ; il était bon, aimable, empressé toujours. Jamais il ne montrait un visage morose, jamais il ne prononçait une parole qui pût donner l'éveil. De son côté, elle cherchait à le distraire, non par la banalité des distractions mondaines qui fatiguent l'homme intelligent, mais en lui créant des occupations utiles, sérieuses. A Paris, il reprit ses crayons et elle ses pinceaux ; il cultiva sa voix qu'il avait fort belle, tandis qu'elle perfectionnait son talent de pianiste accomplie ; ils écrivirent même, en collaboration, des nouvelles toutes de charme, de grâce et de fraîcheur, qui eurent du succès dans une grande revue. Ensemble aussi ils faisaient de longues promenades à cheval, et les habitués du Bois se souviennent encore de ce couple d'une distinction, d'une beauté incontestables, que tous les yeux suivaient avec admiration.

L'hiver fini, ils reprenaient le chemin de Bon-Accueil. Que M. de Laval passât ses matinées à la bibliothèque, ses après-midi au billard et qu'il conviât son gendre à l'imiter, la jeune femme y mettait un discret holà. La lecture ou les carambolages ne devaient pas seuls remplir ses journées. La pêche, la chasse, la natation y avaient place en temps et lieu, comme le jardinage, l'arboriculture en particulier. Ce n'est pas une vaine science, celle qui consiste à faire porter des fruits plus beaux et meilleurs à des arbres savamment dirigés! Elle eut la joie de le voir s'intéresser à l'entreprise et y consacrer de longues heures au jour levant. Mais un matin qu'elle allait le rejoindre, elle l'aperçut, inactif, accoudé au mur de clôture, comme s'il guettait l'arrivée de quelqu'un. Soudain, il s'élança ; Marguerite entendit une voix, celle du piéton, lui dire :

— Une lettre pour vous, Monsieur d'Arfeuil.....

Il la prit, la lut, le visage assombri, la glissa dans une poche intérieure et n'en parla pas à sa femme qu'il aperçut à ce moment. Chez d'autres époux, ce fait n'eût pas tiré à conséquence ; mais eux, qui s'entendaient si parfaitement sur toutes choses, qui n'avaient qu'une âme et qu'un cœur, une simple réticence, une omission, fût-elle légère, avait un poids exceptionnel.....

Oh! cette lettre, elle y pensa longtemps, elle y pensait encore accoudée au balcon de pierre en cette matinée pluvieuse où Pierre, monté sur Friquette, parcourait les alentours. Mais

Marguerite se respectait trop et elle avait en son mari une confiance trop absolue pour chercher à savoir ce qu'elle contenait. Ce n'était rien, elle le jurait hautement, de mal, de bas, de vulgaire ; mais pourquoi donc, grand Dieu! lui en faisait-il un secret?..... Pourquoi aussi prenait-il l'habitude des promenades solitaires? Il s'isolait pour *penser* ; cette pensée restait sienne. C'était comme une chapelle à part où il ne laissait entrer pas même sa femme pour qu'elle y fît ses dévotions. Cette exclusion lui était cruelle ; Marguerite en oubliait parfois ses joies les plus douces et ses intimes bonheurs. Personne ne le savait. Sa mère s'en fût émue ou l'eût traitée de rêveuse. Son père n'entendait rien aux subtilités. Peut-être que, si le colonel eût vécu, elle serait allée lui confier son tourment ; mais le colonel était mort peu de jours après sa demi-victoire, sans même avoir vu cette jeune femme qui détruisait, de gaieté de cœur, son beau rêve paternel. Elle y songeait souvent, à ce vieillard inconnu dont ils possédaient l'héritage ; elle regrettait sa franchise, presque sa sévérité.

— Un homme unique, mon beau-frère,..... disait Mme des Aulnois.

Pierre n'en parlait plus. Il allait, de temps à autre, en pèlerinage sur sa tombe et en revenait très grave, préoccupé.

— S'il existait, l'excellent homme, que dirait-il de ce qui se passe?..... insinuait parfois M. de Laval.

Et, en traits énergiques, il peignait le malheur des temps, flétrissait l'arbitraire, condamnait une politique qui se porte à toutes les injustices pour atteindre à ses fins. Sa conclusion était inévitable :

— Grâce au ciel, vous êtes libre, vous, d'Arfeuil!.....

Marguerite attendait une réponse qui ne venait pas ; et ces jours-là surtout les papillons noirs accouraient en foule si compacte qu'elle lui cachait l'azur du ciel.

Mais il arrivait aussi de brusques revirements qui la rassérénaient à demi, lui faisaient reprendre confiance, lui démontraient l'inanité de ses craintes et la puérilité de ses frayeurs. Après une attente assez longue au balcon, sous la pluie et les rafales, elle avait vu revenir le cavalier, au petit trot de sa jument. Il l'aperçut de loin, souleva son chapeau, l'agita, pressa l'allure de son cheval et cria, près du balcon :

— Bonjour, chère aimée!.....

Elle pensa :

— Je suis folle!..... Il m'aime..... Il est heureux.....

— Tu viens au salon?..... demanda-t-il.

Elle eut un signe affirmatif et s'attarda dans sa chambre, pensant qu'il viendrait l'y chercher. Il ne parut pas; se décidant à descendre, elle entendit des voix animées. Celle de Pierre, très joyeuse, dominait celles de ses beaux-parents.

— Ne vous inquiétez pas..... j'organiserai tout..... je sais ce qu'il faut.....

— Mais qu'y a-t-il donc? demanda Marguerite, sur le seuil.

— Ah!..... ma chère..... des hôtes..... beaucoup d'hôtes à Bon-Accueil..... Les officiers de mon régiment!.....

Elle en ressentit un choc ; son mari ne vit ni sa surprise ni sa froideur, pas plus que ses paupières un peu rougies et ses cheveux que la pluie avait mouillés. Tout à son idée, il expliquait :

— Toutes les chambres disponibles ; pourquoi pas?..... Un lit et de l'eau pour les ablutions : c'est tout ce qu'il faut au soldat en campagne..... Il y a des villages où l'on est forcé, en manœuvres, de coucher au grenier, sur la paille..... On ne s'en porte pas plus mal, mais un peu de confortable fait plaisir.....

— Et les repas, Pierre, les repas?.....

— Je m'en charge aussi, ma mère!..... Je donnerai les ordres ; des plats de résistance, rien de compliqué..... Le vin?..... Nos vins de Lorraine..... ceux des bonnes années.....

— Enfin, toute la maison à sac, n'est-ce pas?

Il ne vit en ces paroles de sa femme nulle intention hostile, et, se prenant à rire :

— C'est bien cela, Marga!.....

— Peut-être serait-il bien aussi de tresser des guirlandes..... d'élever un arc de triomphe avec emblèmes..... d'offrir au colonel une couronne de lauriers?.....

— Tout ce que vous voudrez, railleuse!.... Et qu'il les mérite, les lauriers, lui qui a été à Madagascar avec Galliéni.....

— A Madagascar!..... Il n'est pas marié?.,...

— Mais si!.....

— Alors..... pendant ce temps-là..... sa femme?.....

— Ne l'a pas quitté. C'est une vaillante..... Elle n'est pas la seule..... Combien de noms d'obscures héroïnes devraient être inscrits au *Livre d'or*.....

Marguerite s'assit au piano et joua bruyamment la *Marseillaise*.

— C'est une répétition! cria-t-elle par-dessus son épaule.

— Oh!..... nous avons une excellente musique aussi.....

Nous !..... Il disait *nous*..... Ni M. ni Mme de Laval ne relevèrent ce mot qui tomba, comme une masse, sur le cœur de Mme d'Arfeuil.....

Mais elle réagit. Elle avait l'âme trop noble pour s'attacher longtemps à la mesquinerie d'un détail..... car c'en était un, évidemment.....

— Tu veux bien que je t'aide, mon ami?..... dit-elle avec un peu d'effort.

Il lui tendit la main, elle y mit la sienne, et il la retint durant une minute avant de lui rendre la liberté.

Elle le seconda, durant les jours qui s'écoulèrent avant l'arrivée de la troupe. Lui faire plaisir était sa seule ambition. Et ceci lui faisait plaisir, car le visage de Pierre rayonnait, ses yeux brillaient d'une animation joyeuse. On eût dit qu'il attendait la venue de sa propre famille, d'une famille dont il était séparé depuis de longs mois et qui, ne le voyant plus, s'en venait vers lui comme pour renouer les liens de parenté.

.....Le temps s'était remis au beau. Par un soleil splendide, le régiment gravit la côte rapide de Bon-Accueil, au son de la fanfare joyeuse des clairons. Le lieutenant, en uniforme, se tenait à l'entrée de la grille, pâle d'une émotion visible à tous les yeux. Les hommes se répandirent dans le village, dix à douze par grange, les chevaux dans les écuries ; et les officiers entrèrent, le colonel en tête, dans la cour d'honneur. Il y avait parmi eux de nouveaux visages, mais le plus grand nombre restait familier à d'Arfeuil. Ces anciens, heureux de retrouver un frère d'armes, l'entourèrent, et ce furent de chaudes poignées de mains, des monosyllabes amicaux, des phrases hachées par les présentations.

Précédant ses hôtes, Pierre les guida vers le salon, où Marguerite se tenait avec sa mère. Elle voulait être aimable, elle le fut ; et ceux qu'avait étonnés la décision du lieutenant la comprirent en voyant sa femme, restée jusqu'alors l'inconnue.

Le dîner fut brillant, très gai, cordial, assez rapide, car la bataille devait avoir lieu au petit jour. Néanmoins, beaucoup dormirent d'un œil. On craignait une surprise de l'ennemi, posté dans les environs ; et, pour dérouter ses entreprises, des barricades formées de chariots, de charrues et autres instruments agricoles défendaient le chemin.

Pierre passa la nuit debout, accoudé au balcon du premier étage, l'œil plongeant dans les ténèbres, l'oreille aux écoutes, évoquant tous les souvenirs de stratégie. Cette vie le reprenait avec une intensité extrême, et, au lever de l'aube, il suivit, monté sur sa jument, les colonnes qui s'ébranlaient.....

Marguerite, demi-vêtue, cachée derrière ses persiennes, le vit partir. A midi, il revint triomphant.

— Vainqueurs!.....

— Qui cela?.....

— Nous!..... mon régiment!.....

Il donna des détails. L'affaire était chaude ; on se disputait la victoire pied à pied ; puis l'ennemi avait fait une fausse manœuvre, une erreur de tactique qui causait sa perte sans coup férir. Et il traçait le plan de la bataille.

— Voyez..... nous étions ici!..... eux, là-bas..... La position rappelle Austerlitz, de brillante mémoire..... Oh!..... en petit,..... en très petit.....

Il s'animait. Marguerite l'emmena pour qu'il changeât ses vêtements trempés de sueur. M. de Laval n'aimait pas ces machines de guerre et il détestait Napoléon ; il entreprit, au profit de sa femme, une longue théorie sur l'atavisme.

— Grattez un peu la surface..... et, en dépit de tout, vous voyez reparaître le soldat.....

Marguerite, rentrée sans bruit, fronça le sourcil ; son père crut l'avoir blessée.

— Je ne te savais pas là !..... Mais ce n'est pas une critique ; je constate, c'est tout..... mon enfant.....

L'explication parut la satisfaire ; cependant, elle ne put céler un profond soupir. Son enjouement de la veille faisait place à une préoccupation visible. Le souper lui parut d'une longueur fantastique ; elle se retira avant qu'il finît. Encore quelques heures, une nuit à peine, et Bon-Accueil reprendrait sa vie accoutumée. Elle les compta, ces premières heures de la nuit, car le sommeil la fuyait ; mais c'était moins le continuel va-et-vient des ordonnances, le bruit sonnant des bottes et des éperons sur les dalles, le hennissement des chevaux, l'aboiement continu des chiens qui causaient son insomnie. Elle devinait que son mari prolongeait la veillée à plaisir, jamais las de questions, de détails, avide de se replonger dans son élément.....

Oui, c'était son élément, et la jeune femme avait mis trois années à le découvrir ! Ces deux jours de manœuvre lui enlevaient de force ses derniers doutes, dissipaient le mystère qui lui portait ombrage, mettait à nu la secrète blessure d'un cœur de soldat réduit au silence par la crainte de laisser croire à l'ingratitude de l'amour. Et de penser qu'il avait souffert longtemps sans le lui dire, gardé le secret de ses tristesses, des chevauchées solitaires qui endormaient son esprit en fatiguant son corps la navrait, la pénétrait d'une pitié tendre, d'un regret brûlant qui lui arrachait des pleurs......

<h2 style="text-align:center">V</h2>

Après les manœuvres, Bon-Accueil reprit sa vie paisible ; le même calme, la même harmonie régnaient au foyer familial où l'union semblait plus parfaite que jamais. Toutefois, la gaieté en était absente, car Marguerite elle-même tombait en de longs mutismes d'où elle sortait comme désemparée. Sa mère y était indulgente et les expliquait secrètement à M. de Laval :

— Notre pauvre fille désire un enfant!.....

Et tous deux soupiraient après l'espoir qui eût mis le comble à leur bonheur.....

Un soir où le silence planait dans la demeure endormie, Pierre, assis à son bureau, méditait, écrivait ; sa plume avait couru d'abord fiévreusement sur le papier, maintenant elle gisait au loin, rejetée avec colère, peut-être avec mépris. Et, le front dans ses mains, il songeait, si absorbé en lui-même, qu'il eut un sursaut lorsque la voix de Marguerite demanda soudain :

— Pourquoi veilles-tu si tard?.....

Elle était debout au seuil de la porte ouverte sans bruit, les cheveux dénoués et flottants sur une robe de flanelle blanche. si belle qu'il essaya de sourire ; mais le sourire glissa comme une ombre sur ses lèvres qui tremblaient d'émotion.

Elle s'approcha et posa l'une de ses mains sur l'épaule de Pierre :

— A qui écris-tu?.....

Il hésita ; puis, mû par une résolution subite :

— Au ministre..... Je donne ma démission!.....

Et sans attendre une réponse, précipitamment, péremptoirement comme quelqu'un qui veut en finir, il expliqua que cette décision s'imposait pour que la situation fût nette; qu'elle était préférable à ce *statu quo* consenti pour calmer M. des Aulnois, mais inutile à maintenir après sa mort :

— Il faut être chien ou loup, n'est-ce pas? conclut-il, essayant de railler, un peu gêné par le regard persistant qu'elle attachait sur lui.

Quand il se tut, à bout d'arguments, elle s'assit, lui passa le bras à l'entour du cou et attira sa tête contre la sienne :

— Je vais te dire, moi, pourquoi tu veux démissionner!.....

Alors, sans hésitation, comme le chirurgien qui connaît trop la place du mal pour tâtonner avec son bistouri, elle lui

démontra qu'il voulait élever une barrière définitive entre lui
et l'armée, pour s'ôter tout moyen, toute possibilité de la franchir ; car les dernières manœuvres, en lui créant un rapprochement forcé avec son régiment, lui avaient livré un assaut
dont il cherchait à sortir vainqueur.....

Essayer de nier, maintenant qu'elle avait pénétré le secret
de ses pensées intimes, était superflu. Il ne l'essaya pas. D'ailleurs, elle lui confiait aussi son âme, la lui ouvrait au large
pour qu'il y lût les angoisses causées par son silence et se con-
vainquît du danger qu'il y a de vouloir souffrir seul plutôt que
de partager, non seulement les joies, mais les douleurs.

Il écoutait, navré et ravi. Cette heure d'émotion violente les
jetait, éperdus, sur le cœur l'un de l'autre, plus époux qu'au
début même de leur mariage, quand leur mutuel amour leur
semblait l'unique trésor et le seul bien réel.....

Mais quand elle s'empara de la lettre restée sur le bureau,
qu'elle la glissa dans son corsage, il eut un cri de regret :

— Pourquoi ne pas l'envoyer demain ?..... Mieux vaut con-
sommer le sacrifice que d'avoir à y revenir !.....

.   .   .   .

Marguerite entra à la bibliothèque où son père et sa mère se
trouvaient réunis. Elle était pâle et, au port de sa tête, on
voyait une volonté arrêtée d'agir. Ce fut l'impression de ses
parents.

— Qu'y a-t-il ? demandèrent-ils ensemble.

Elle avait médité ce qu'elle devait dire ; mais, au moment
de le faire, elle s'émut. Quand elle aurait parlé, c'en serait fait
de la paix familiale, de la sécurité dont ils jouissaient ; et
c'était dur, bien dur à cette fille tant chérie, d'avoir à détruire
tant d'illusion et tant de bonheur.....

Les phrases préparées, les circonlocutions habiles s'enfuirent
de sa mémoire pour n'y laisser que la vérité nue : à savoir que
Pierre souffrait, qu'il était malheureux..... Ils eurent un haut-
le-corps :

Pourquoi souffrir ?..... De quel malheur imaginaire vou-
lait-on les entretenir ?.....

Alors elle spécifia ; elle reprit la trame du passé telle qu'elle la voyait à présent et sans rien cacher de ses propres inquiétudes, jusqu'au moment où l'arrivée de la troupe avait provoqué le *fiat lux*.

M. de Laval arpentait à grands pas la vaste pièce, et une ride profonde se creusait entre ses deux sourcils ; sa femme, les mains demi-jointes, s'effondrait sur la causeuse et le suivait anxieusement des yeux sans rencontrer son regard. Il s'arrêta, marchant droit à sa fille, et, avec hauteur :

— Dois-je me fier à la parole de M. d'Arfeuil?.....

Pour toute réponse, elle lui tendit la lettre, qu'il lut posément, le visage peu à peu rasséréné.

— C'est bien! Tout est dit!

— Non!..... tout n'est pas dit, mon père..... J'ai surpris Pierre quand il l'écrivait ; je m'en suis emparée ; on ne l'enverra pas.....

— Que pensez-vous faire, alors?.....

— Mon enfant!..... s'écria douloureusement Mme de Laval.

Elle les considéra l'un après l'autre, et ses yeux s'obscurcirent de larmes :

— Je suis épouse avant d'être fille..... murmura-t-elle avec lenteur.

— Tu oublies que la fille n'est devenue épouse que sous d'expresses conditions.....

— La bonne foi a régné de part et d'autre ; mais nul ne peut engager l'avenir.

— Erreur! s'écria M. de Laval avec violence. C'était moins le présent que l'avenir qui nous préoccupait tous!..... Est-ce pour deux ans, pour trois ans que j'ai passé bail avec mon gendre, ou bien jusqu'à ma mort?..... Sa promesse équivaut, j'espère, à une signature..... et je ne souscris pas à la fantaisie de résilier.....

— Je pense avoir voix au chapitre, reprit Marguerite. Vous avez été imprudents, peut-être..... mais j'ai été égoïste!..... Devais-je briser sa carrière pour m'assurer de son amour?.....

— Enfin, que prétendez-vous? gémit Mme de Laval.

— Mon mari est soldat!.....

Le pauvre père haussa les épaules :

— Vous êtes fous!..... Est-ce l'heure de reprendre du service, quand une politique odieuse ne sait plus même respecter l'armée?.....

— Qu'importe! Vous, mon père, vous êtes chrétien ; la persécution religieuse vous ferait-elle abjurer votre foi?.....

— Ce n'est pas la même chose!..... Il n'y a nulle obligation de conscience qui s'impose à vous, dans le cas présent..... C'est votre caprice, votre imagination qui parlent..... à moins que vous soyez si las de la vie de famille, qu'il vous tarde d'y échapper?.....

Jusque-là stoïque, Marguerite fondit en larmes ; ce dernier coup l'atteignait en plein cœur. Et de la voir pleurer ainsi, à sanglots, émut M. de Laval. Ses yeux se mouillèrent lorsque sa femme et sa fille, dans les bras l'une de l'autre, balbutièrent des mots entrecoupés, de ces mots qu'arrache à la tendresse une profonde douleur.....

— Quand tu seras mère..... tu comprendras, ma chérie!.....

Mais, lui fermant la bouche sous ses baisers :

— Si Dieu me donnait un fils, je respecterais plus tard sa vocation, quelle qu'elle soit.....

— On le dit..... tant qu'on n'a pas souffert.....

— Ah!..... ma pauvre maman, n'est-ce pas la loi de nature que de vouloir suivre ce chemin-ci de préférence à celui-là?.....

— L'indépendance est bien voisine de l'ingratitude..... murmura, à part lui, M. de Laval.

Et en ce moment il songeait, non sans remords peut-être, à la déception si profonde qu'avait éprouvée, trois années auparavant, le colonel des Aulnois..... Il entendait la voix du père adoptif lui dire : « Héroïsme oblige, tout autant que noblesse. » Et il le voyait triomphant au delà de la mort.

Ce qui poignait M. de Laval aussi, ce n'était pas tant ce qu'il nommait la défection de son gendre, fils de soldat, que l'incroyable campagne entreprise par sa fille — sa propre fille, — jusque-là cantonnée dans le domaine du sentiment.

il s'en étonnait devant elle ; mais Marguerite arguait, au contraire, de son amour pour défendre la cause de son mari. C'est un habile avocat qu'une femme convaincue! La lutte engagée, elle ne recula pas, resta sur la brèche, exposée aux coups les plus rudes, comme aux plus attendrissantes supplications.

— Votre vie est-elle trop uniforme?..... répétaient ses parents. Voyagez!..... un voyage qui aura un but utile..... Transformez Bon-Accueil selon votre fantaisie...... Reconstruisez l'église..... fondez une autre école..... Organisez des cours du soir..... En notre pays de Lorraine, le paysan est tenace et il ne lui manque parfois que d'être éclairé pour opposer une barrière invincible à bien des agissements.....

Ils avouaient que cela, tout cela tenterait leur activité, solliciterait leur dévouement s'ils n'avaient pas l'idée maîtresse, la seule qui satisfît leurs vues, leurs goûts, leurs désirs. Car il fallait que ce vœu leur fût bien cher pour qu'ils renonçassent à la plus douce vie de famille, au foyer le plus aimable, le plus tendre qu'ils eussent jamais rêvé.....

— Nous ne sommes pas des tyrans, conclut un soir M. de Laval. Vous êtes libres!

Et comme cette parole leur mettait à tous des larmes dans les yeux, il ajouta douloureusement :

— Et qui sait si l'avenir, de plus en plus sombre, ne vous forcera pas à rentrer au bercail!.....

Le lieutenant eut un geste rempli de confiance :

— Ah! mon père, l'avenir ne peut effrayer celui qui ne songe qu'à son devoir.....

VI

— Marguerite!.....
— Nicole?.....
— Comme on se retrouve, sans y penser, ma chérie!.....
— Et par quel mystère?.....
— Oui, un mystère! S'être quittées, au sortir du couvent, en

se jurant de s'écrire tous les mois, et se perdre si complètement de vue qu'on puisse habiter la même ville, sans le savoir?.....

— Je te croyais dans l'Ouest.....

— Et moi à Paris.....

— Alors, par quel hasard?.....

— Dis : quelle providence..... C'est hier soir, en visites, que j'ai entendu parler du lieutenant d'Arfeuil.....

— Qu'en disait-on?.....

— Qu'il reprenait du service, après un long temps de disponibilité.....

— C'est exact.....

— J'ai cherché à savoir autre chose..... Peine perdue!..... je n'en ai pas dormi..... et même j'ai réveillé Armand : « Promets-moi que tu m'informeras, au matin, si ce lieutenant d'Arfeuil est le mari de Marguerite de Laval?..... » Il m'a apporté tout à l'heure une réponse affirmative ; le temps de faire un bout de toilette, de coucher baby et me voilà!.....

— Que tu es gentille, que tu es gentille! répétait la jeune femme, tout émue. Nous aurions bien fini par nous rencontrer un jour..... Je t'aurais reconnue entre mille, mon cœur!

— Moi de même ; il n'y a pas deux paires d'yeux comme les tiens!.....

— Ni des cheveux d'or frisés semblables à ceux de Mme Verneuil..... Si je ne me trompe, ton mari est notaire?.....

— Tout ce qu'il y a de plus notaire : Me Armand Verneuil ; il ne lui manque que les lunettes d'or..... Nous avons le temps!.....

— Tu te plais, dans cette petite ville?.....

— Certes! avec mon mari.

— Comme tu as raison!..... Et tu as un enfant, heureuse femme?.....

— Deux : garçon et fille..... la paire..... Est-ce que?.....

— Hélas!.....

— Espère, petite amie!..... Prie beaucoup!..... Promets quelque chose..... Le bonheur s'achète, le plus souvent ; n'es-tu pas gâtée sous les autres rapports.....

— Oh! oui ; mais j'ai consenti un sacrifice..... très grand.....
quitter ma famille..... J'en suis encore meurtrie!.....

— Chère petite!..... Et pourquoi?.....

— Mon mari souffrait de l'inaction...., il est né soldat.....

— C'est bien, ce que tu as fait là, Marguerite.....

— C'est naturel, quoi qu'en disent mes pauvres parents.....

— Tu es loin d'eux?.....

— Heureusement non!..... Bon-Accueil, qu'ils habitent
l'été, est en Lorraine..... Notre petite garnison m'en semble
presque jolie.....

— Pour une Parisienne, elle est petite, en effet.....

— Je la voudrais plus..... propre, avoua Mme d'Arfeuil en
riant. Il y a des parfums de canaux et de terribles pavés poin-
tus!.....

— Bah!..... Les environs sont si jolis, tu verras!..... Car tu
n'as rien pu voir encore..... Quand êtes-vous arrivés?.....

— La semaine dernière.....

— Si j'avais su!..... Nous avons une maison à nous seuls :
c'est le charme de la province..... et nous aurions été heureux
de vous offrir l'hospitalité!.....

— Je te remercie de l'intention, ma chérie!..... Nous avions
pris pension à l'*Hôtel des Trois-Jumeaux* — un nom porte-
bonheur! — pensant y rester peut-être longtemps ; une occasion s'est présentée et nous avons bénéficié du logis du substi-
tut, dont le successeur est garçon.....

— Très bien!..... Et vous voici presque installés?.....

— Presque. Ce sera long encore à bien organiser, mais j'en
ferai un nid sortable..... Ma pauvre maman ne veut pas croire
ce que je lui écris et elle ne comprend pas que je mette moi-
même la main à la pâte..... Songe donc, une petite fille si
choyée, à laquelle tous les tracas domestiques ont été évités,
qui tient seule le gouvernail de sa barque, assistée d'une cui-
sinière novice — la mienne n'a pas voulu quitter Paris, —
d'une femme de chambre quelconque et d'une ordonnance qui
sort de son village et répond au nom d'Irénée!..... Pierre et moi
rions comme des enfants de toutes les défaillances du ser-

vice..... Il est heureux, Pierre, d'avoir repris le cher uniforme..... et je suis heureuse de le voir si heureux!.....

— Je comprends cela : le bonheur de notre mari est le
nôtre..... Tes chers parents le reconnaîtront un jour.....

— Déjà ils l'admettent : ils sont si bons, si dévoués!..... Seulement, le crève-cœur leur restera toujours d'avoir vu partir
l'unique enfant qu'ils voulaient retenir auprès d'eux..... Ah! si
Dieu m'accordait, à mon tour, un fils ou une fille.....

Elle n'acheva pas et son amie lui serra la main. Assise sur
la causeuse du petit salon à demi meublé, leur conversation
devint plus intime encore ; la femme la plus heureuse a un
point noir dans son ciel. Celui de Marguerite était la séparation
d'avec ses parents ; celui de Nicole, la mort des siens arrivée
quatre ans plus tôt. Son unique sœur, très jeune à ce moment-
là, était venue habiter chez elle, comme sa fille aînée, et voici
qu'elle atteignait ses dix-huit ans et qu'on songerait bientôt
à la marier!.....

— Tu la verras..... elle est bonne, simple, un peu timide
et sans prétentions..... Ses traits se sont affinés avec l'âge.
Tu te souviens du gros baby qui venait me voir au couvent?..... Que c'est loin, ça, ma chérie!.....

— Au fait, si nous allions renouer connaissance, sans
attendre à demain?..,.. Je brûle d'embrasser tes enfants!.....

— Quelle bonne idée! Viens..... sortons ensemble..... Et,
pour comble de joie, nous sommes presque voisines : deux
rues à parcourir!.....

Marguerite revêtit en hâte un costume de ville. Au seuil de
la maison, les deux amies rencontrèrent le lieutenant d'Arfeuil.....

— Nicole, je te présente mon mari!.....

Cette intimité venait fort à propos pour faciliter à la jeune
femme le changement si complet d'existence amené par le
retour au régiment. Parisienne jusqu'au fond de l'âme, comme
le disait Nicole, il lui fut doux de retrouver une amie d'enfance et utile de s'initier par elle aux us et coutumes de la
province qu'on ne dédaigne pas impunément. Le charme des

petites villes est dans la vie patriarcale qu'on y mène ; là surtout se rencontrent de belles âmes, de fidèles affections, d'excellents cœurs ; mais là aussi règne un souffle de désœuvrement qui aiguise la curiosité et lui donne — selon les caractères — un aspect plus ou moins tolérant. Les Verneuil, notaires de père en fils, très estimés pour leur probité parfaite, leur dévouement notoire, leurs principes solides, leur esprit éclairé, étaient — ce qui est rare —aimés de tous. Plus d'un rideau de mousseline se souleva discrètement sur le passage des jeunes femmes qu'escortait l'officier.

— Tiens ?..... Mme Nicole paraît être au mieux avec les nouveaux venus !..... Des amis, probablement.

Et de mieux informés savaient déjà la légende, celle du mariage contre le vœu du père adoptif et des trois années de bonheur troublé par le regret d'une décision forcée. Le fait de s'être arrachés à l'opulence, à la liberté dorée, à la tendresse de parents très chers leur créait une atmosphère de sympathie, à ces jeunes gens qui eussent trouvé sans cela peut-être bien des détracteurs.

— Une jolie personne, Mme d'Arfeuill..... Et son mari, un bel homme, vraiment !.....

Les rideaux retombaient, mais l'on continuait à discourir, à préjuger — car l'on ne peut toujours parler de choses sérieuses — du prix de revient de la robe de velours bleu portée par la Parisienne, de la forme de son chapeau, de la coupe de son vêtement.....

— Elle *enfoncera* toutes les dames de la garnison !..... déclara Mlle Dorothée Magnin d'un ton sans réplique qui arracha un soupir à sa voisine, Mme Vve Erard, dont la fille avait, elle aussi, épousé un officier.....

— C'est facile d'*enfoncer*, ma bonne amie, quand on a de ça.....

Et ses doigts esquissaient le geste de compter de l'or.

— Sans doute !..... Ce n'est pas un reproche ni une critique à l'adresse de Malvina..... Je la connais trop avantageusement.

— Oui, allez, elle a du mérite..... La dot réglementaire, le traitement de son mari et toute la nichée! Cinq, qui tiendraient sous une cloche.

— Des amours!..... Et si propres, si bien mouchés.....

— Aussi je n'admettrais pas qu'on fît avec elle la pimbêche.....

— Qui vous dit qu'on la fera?

— Dame!..... on ne sait jamais..... j'attends la première visite..... rien que la première : on ne s'y trompe pas.....

— Ont-ils déjà commencé?.....

— Hier, chez la femme du colonel..... Il y avait beaucoup de monde, comme toujours..... Mon gendre s'y trouvait.....

— Eh bien?.....

— Oh!..... les hommes, est-ce qu'ils ont le sens critique, ma bonne amie?..... Quand ils ont dit d'une femme : elle est diantrement belle! et d'un homme : c'est un bon garçon!..... ils croient qu'on peut tirer l'échelle, tandis qu'ils n'en sont qu'au premier échelon.....

— Malvina sera plus avisée!.....

— Oui et non ; les petits l'occupent plus que tout le reste..... seule avec l'ordonnance, pour tout faire, il n'y a pas lieu de chômer..... Cependant, on a des yeux et des oreilles ou on n'en a pas!.....

— Evidemment!..... Lorsque vous saurez quelque chose?.....

— Je n'ai pas de secret pour vous, Dorothée!.....

Mme Vve Erard n'en avait pas plus pour nombre de ses amies, et Mlle Dorothée n'était pas l'unique personne qui comptât sur un mot révélateur ; car un « Eh bien? » unanime l'accueillit, prononcé par vingt bouches différentes, le lendemain du « jour » de Malvina. Et ce lendemain était précisément jour de réunion de charité, où toutes les dames faisant partie de l'ouvroir confectionnent des vêtements pour les indigents.....

— Eh bien, chère Madame Erard, comment cela s'est-il passé?.....

— Cela s'est très bien passé, très bien!.....

Un « Ah!..... » courut à la ronde, intéressé, approbatif, peut-être, çà et là, légèrement déçu. Quand tout se passe très bien, tout est au mieux dans le meilleur des mondes, mais on ne doit pas s'attendre à quelque chose de sensationnel.

— Spécifiez!..... demandèrent certaines personnes qui pensaient se rattraper sur les détails.

Et Mme Erard, piquant son aiguille à tricot dans l'une de ses boucles grises — car on ne peut bien faire deux ouvrages à la fois, — commença son récit.

— D'abord, *ils* s'étaient montrés polis, très polis ; y a-t-il rien de plus sans gêne que de s'en venir de très bonne heure dans une maison où il n'y a pas plusieurs valets? Vous comprenez..... Malvina, avec cinq enfants?.....

Toutes comprenaient.

— Alors?.....

— Sur le coup de 4 heures : c'était bien! Le feu flambait dans la cheminée..... il y avait deux visiteurs..... l'ordonnance enfilait ses gants blancs..... Il annonça, très proprement, ce qui ne lui arrive pas toujours : « Le lieutenant et Mme d'Arfeuil..... » Le cœur battait un peu à Malvina : elle est timide, vous savez?..... Puis il y a des femmes qui font tant d'embarras! Mais elle est très aimable, Mme d'Arfeuil ; tout de suite elle l'a mise à l'aise..... Son mari est gai..... Ils disent qu'ils se plairont, qu'ils se plaisent déjà ici.... Et voici tout à coup que notre petit Georges arrive au salon, avec un tablier blanc, très propret. « Oh! le gentil bébé!..... C'est le plus jeune?..... Cinq?..... Vous en avez cinq!..... » Elle embrassait le petit, et Malvina croit qu'elle avait mal au cœur..... Comme c'est regrettable de ne pas avoir d'enfant!..... Tant de fortune..... rien ne lui manquerait : voilà bien la vie!.....

— La Providence sait ce qu'elle fait.....

— Parfaitement!..... Mais nous, qui ne sommes pas dans ses secrets, il est permis de nous étonner..... Deux chez Malvina, trois chez Mme d'Arfeuil, ça ferait le compte et tout le monde serait enchanté.....

La narratrice reprit son tricot et la conversation devint générale ; chacune avait son mot à dire, son appréciation à donner ;

mais soudain une retardataire fit irruption dans la salle :

— Une grande nouvelle, Mesdames!..... Le lieutenant et Mme d'Arfeuil donnent une soirée de bienvenue.....

VII

La rue de la Citadelle avait, ce soir-là, un aspect inaccoutumé. Ce paisible petit quartier s'animait au roulement des voitures, se peuplait de formes noires ou blanches qui glissaient le long des murailles et échangeaient des phrases, emmitouflées sous le capuchon rabattu des sorties de bal. Un cliquetis d'épées les suivait ou les accompagnait, selon que le passant était seul ou formait escorte aux ombres mouvantes. Des visages plaqués aux vitres cherchaient à les reconnaître et disaient un nom, souvent au hasard :

— Le capitaine Fourière et sa *dame*..... Le commandant Bonfils..... Le major Perbal et sa sœur..... Dommage qu'on ne voie pas les toilettes!..... On dit qu'il en est venu de Paris... Ça doit coûter gros!..... Est-ce que c'est bien raisonnable de jeter l'argent sans nécessité?.....

La question soulevait des polémiques et les avis étaient partagés. Ça ruine les maris..... ça fait marcher le commerce..... Ça fait pâtir les enfants..... Mais là, Mme Vve Érard déclarait énergiquement que c'était faux, archi-faux, et que les cinq petits de Malvina n'en recevaient pas une tartine de moins les jours où leur mère allait en soirée.....

Après la question toilette venait celle des invitations..... Tout le clan militaire, naturellement..... Peu de civils, très peu : la famille Verneuil et deux ou trois de ses parents..... On en cherchait la raison, d'ailleurs facile à trouver ; les appartements de petite ville sont trop peu vastes pour qu'on puisse y grouper tout le monde. Et les Verneuil n'étaient pas tout le monde, en leur qualité d'amis.....

Marguerite et le lieutenant, à l'entrée du salon, accueillaient d'un sourire aimable les arrivants. La jeune femme était d'une beauté extrême dans sa robe de satin mauve, ses cheveux tordus en une masse opulente, retenus par un rang de perles du plus pur orient. Bien jolie aussi son amie Nicole, si doucement maternelle pour « la petite » dont les dix-huit ans resplendissaient dans un nuage de tulle bleu, qui mettait une douceur sur son visage brun et enveloppait sa taille aux contours graciles : une taille d'enfant.

— Ravissante, ta Lucie! murmura Mme d'Arfeuil à l'oreille de son amie.

Nicole eut un regard heureux :

— N'est-ce pas?.....

Et on arrive, on arrive ; c'est un flot montant d'uniformes, un éblouissement de galons d'or et de décorations, une mêlée de moustaches grises, noires, blondes, de majestueuses prestances et de silhouettes dégagées. Les quelques habits noirs égarés dans la salle font tache : « Des pékins! » dirait, avec l'intonation que l'on sait, le colonel des Aulnois. Cette pensée ramène au cœur de d'Arfeuil le souvenir cher. Il semble au fils adoptif que l'esprit du mort plane dans ce milieu qui fut le sien, duquel il ne se séparera plus jamais ; et comme pour rendre l'illusion plus forte, une voix, qui rappelle la sienne, lui dit soudain :

— Vous voici enfin parmi nous, mon lieutenant!.....

C'est le vieux commandant Rebouleau, le compagnon d'armes du colonel et du héros de Reichshoffen. Il a l'air, lui aussi, d'évoquer le passé, ce qui fait que Pierre continue à haute voix ses secrètes réflexions :

— Ils sont partis trop tôt, tous les deux!.....

Une émotion colore le visage du vieux soldat ; mais, de sa voix grave :

— Non, mon lieutenant!.....

Non?..... Le regard du jeune homme interroge ; s'ils étaient là pourtant, ce soir, à cette fête de retour, ne seraient-ils pas heureux, bien heureux..... d'assister au triomphe de la vocation chez ce fils qui avait cru pouvoir se passer de l'armée?.....

— L'armée?..... Ah! mon pauvre ami, s'ils la voyaient maintenant sous la botte des sectaires, décriée, conspuée, soupçonnée, calomniée, croyez-vous qu'ils ne souffriraient pas un tourment cruel?.....

— Commandant, n'assombrissons pas les choses!..... Il y a toujours eu des sectaires, il y en aura toujours ; l'essentiel est que nous restions nous-mêmes, que nous gardions intactes nos traditions de dévouement, de loyauté et d'honneur.....

— Mon pauvre ami!..... Cela ne suffit pas à nos gouvernants. Jusqu'alors, le soldat planait au-dessus des partis, là où est la France, et il la servait en toute liberté, sans avoir à rendre compte à personne de sa foi et de ses opinions.....

— Oh!..... de sa foi?.....

— Je suis croyant et catholique ; mes devoirs envers mon pays m'interdiront-ils ceux que je rends à mon Dieu?..... J'assiste au sermon, je vais à la messe..... aussi mourrai-je dans la peau d'un commandant!.....

— Ce serait d'une injustice.....

— Cela est, mon cher!..... Et si j'avais des fils que je prétende élever à ma guise, selon le droit avéré du père de famille, on me l'interdirait en haut lieu.....

De loin, Marguerite fit un signe d'appel à son mari ; il y répondit d'autant plus vite que cet entretien lui devenait pénible, en raison de faits qu'il ne pouvait réfuter. Toutefois, il n'y croyait qu'à demi, sachant la raideur du vieux brave, l'intransigeance qu'il affichait peut-être trop hautement.

Lui, d'Arfeuil, croyait à la liberté sans fracas, sans étalage, sans exagération. Que le commandant attribuât à son indépendance religieuse ses déboires d'avancement, était-il dans le vrai?..... Et, tout en prêtant l'oreille aux compliments d'un nouvel arrivé, tout en lui donnant la réplique avec cette courtoisie qui lui était propre, le lieutenant se remémorait l'ordre annuel donné par le général gouverneur de Paris à tous les chefs de corps, de faciliter à leurs hommes l'accomplissement de leur devoir pascal, en les autorisant à sortir dès le réveil les dimanches de mars et d'avril.....

Ce souvenir la rasséréna, et sa gaieté, un instant assombrie, reparut tout entière.

— Mon lieutenant, oserais-je vous prier de vouloir bien me présenter à Mme Verneuil et..... à sa sœur?.....

Pierre eut un sourire. La requête lui était adressée par un très jeune homme, frais émoulu de Saint-Cyr. Le son de sa voix, la rougeur fugitive qui avait coloré son visage trahissaient quelque émotion ; et quand il eut sollicité et obtenu de Lucie le quadrille que commençait l'orchestre, d'Arfeuil les regarda s'éloigner ensemble :

— Un couple charmant!.....

— Ne dites pas ceci avec l'intention que vous soulignez, murmura Mme Verneuil. Ma sœur est si jeune : dix-huit ans!..... Et je suis convaincue qu'elle ne songera pas, d'ici longtemps, à me quitter.....

— Ce ne serait pas la quitter que d'épouser un officier de la garnison, Nicole?.....

— Allons, tous les deux contre moi?..... Si je ne vous connaissais, je croirais à un complot!.....

— Et tu aurais tort.....

— C'est pourquoi je n'y crois pas.....

Les groupes se mêlèrent, le quadrille finit ; mais une appréhension maternelle demeura au cœur de Mme Verneuil. Sa sœur, sa petite Lucie, non, elle ne songeait pas encore à la marier! Si heureuse femme que l'on soit, ne regrette-t-on pas un peu ce temps de jeunesse et d'insouciance qui ignore le poids de la responsabilité?..... Deux bébés créent des inquiétudes et des devoirs, Mme Verneuil le constatait tous les jours..... Et, le soir même, elle dit à son mari, en riant :

— Ce ne serait vraiment pas de chance si un parti convenable se présentait déjà pour Lucie.....

Il se prit aussi à rire :

— Les voilà bien, les mères!..... Qu'un danseur soit correct, aimable, empressé, elles en font sur l'heure un prétendant.....

— Tu verras, tu verras!.....

Ce ne fut pas long à elle de recueillir d'autres indices ; et le jour où son amie Marguerite vint lui dire, souriante et émue : « Je suis chargée d'une ambassade..... » elle l'interrompit aus-

sitôt : « Je sais de quoi il s'agit!..... Lucie est trop jeune.....
Fais-le comprendre à ton protégé..... »

— Ce ne sera pas facile!..... M. de Veyle est très épris.....
Tu ne peux refuser comme le premier venu un officier d'avenir?.....

Et, avec l'éloquence entraînante que donne le souvenir, elle
plaida la cause éternellement sympathique aux femmes : celle
de l'amour. Nicole secouait la tête et se défendait pied à pied :

— Non!..... Je tiens la place de ma mère..... Elle craignait
les longues fiançailles et condamnait les mariages prématurés.
Dis à M. de Veyle que je l'estime, mais que je maintiendrai
mes conclusions.....

Toute autre que Mme d'Arfeuil se fût résignée ou décou-
ragée sans prétendre lutter davantage ; mais elle avait passé
elle-même par trop d'alternatives pour ne pas savoir que les
décisions les plus fermes peuvent, en cette matière, être rapportées. Elle sut faire en sorte de mettre Mme Verneuil et
M. de Veyle en présence, de façon à ce qu'ils pussent soutenir
leurs propres arguments. Nicole ne faiblit pas, mais elle s'attendrit à ce plaidoyer de jeunesse, si touchant d'ardeur et de
sincérité.....

— Eh bien, soit : espérez! dit-elle au sous-lieutenant en lui
tendant la main ; mais j'exige de votre loyauté la discrétion
la plus absolue vis-à-vis de tous, même de ma sœur, à laquelle
je transmettrai votre demande dans un an d'ici, jour pour
jour.....

M. de Veyle se soumit à l'ultimatum et jura de rester fidèle
aux clauses de ce traité.....

VIII

Tu prétends que je t'oublie, Huguette, dans ma garnison!.....
Ingrate!..... à l'intention de laquelle j'écrivais le journal de ma
nouvelle vie et qui pèches par impatience....., j'allais dire par
jalousie? Parce que j'ai retrouvé Nicole et qu'en termes lyriques
j'ai célébré ce rapprochement inattendu, s'ensuit-il que les liens
d'une amitié plus ancienne doivent fatalement se distendre et « que

le soleil se couche à Paris, tandis qu'il monte ici à l'horizon »?..... Ne m'envie pas Nicole, Huguette! Elle fait que je m'habitue à vivre dans la petite cité qu'ensorre un triple cordon de forts, et dont la tristesse me pénétrait jusqu'au cœur.....

Pierre n'a jamais su la détresse intime ressentie à l'arrivée, quand je me vis seule entre les quatre murs de notre logis, dans la rue silencieuse où quelques fenêtres braquées sur les miennes me forçaient à baisser mes stores, à laisser mes mystères rigoureusement clos!..... Quand il rentrait, joyeux, je me faisais gaie pour lui et riante ; il n'avait pas le soupçon que je puisse me déplaire dans un milieu si nouveau pour moi. A ce moment-là, je n'avais, je ne pouvais avoir encore d'intimité dans le monde militaire ; les premières visites faites et rendues me laissaient un souvenir un peu banal et assez confus qui contribuait à me désemparer, pour ainsi dire. Sans Nicole, peut-être me serais-je tenue dans ma tour d'ivoire sans me mettre en frais pour personne. Avec quelle délicatesse elle m'a initiée aux us et coutumes d'une petite ville de province! Grâce à elle, je n'ai pas fait de pas de clerc et, cherchant à me rendre aimable, j'ai trouvé des gens qui le sont. Donc, après l'estime, l'affection est venue : oui, ma chère, l'affection! Beaucoup de femmes d'officiers me sont sympathiques ; il faut absolument que tu viennes les voir de près, que tu admires leur vaillance ; car elles sont vaillantes, ces épouses et ces mères dont l'économie accomplit des prodiges qui étonneraient ta prodigalité!..... J'ai une voisine, entre autres, édifiante. Quand je me lève, je la vois revenir du marché, suivie de l'ordonnance qui ploie sous le faix des légumes de la saison. Elle a cinq enfants, pas de fortune, un petit intérieur rangé comme un papier de musique, toujours le sourire aux lèvres, ce qui n'est pas la moindre de ses perfections. A ma soirée, elle était mise simplement, mais sa robe lui seyait, faite par elle-même ; juge un peu quelle situation terrible! Aller dans le monde, forcément, quand on a de la peine à joindre les deux bouts..... Nous en parlons souvent, Pierre et moi. Nous voudrions posséder les mines d'or du Transvaal — pauvre Transvaal! — pour améliorer le sort de beaucoup. Notre abondance nous cause de la honte..... Je m'arrête : tu vas me taxer d'exagération. Hélas! que de fois mes parents m'ont adressé ce reproche!..... « Tu exagères, Marguerite!..... » A leur sens, toutes les circonstances importantes de ma vie sont marquées au coin de ce défaut. Mais est-ce donc exagérer l'amour que de vouloir être aimée pour soi-même? Est-ce exagérer le devoir que de prétendre que mon mari soit heureux?..... Et il l'est, Huguette, mais depuis sa rentrée au régiment ; le fait d'avoir repris sa vie active, ordonnée, celui de se sentir une partie du

grand tout, l'une des abeilles de la ruche, lui ont ôté cette inquiétude, cette mélancolie qui s'accentuaient tous les jours et devenaient une sorte d'épée de Damoclès menaçant notre bonheur.
Seulement..... il y a donc toujours un seulement en ce bas
monde?..... S'il a reconquis la paix, il n'a pas retrouvé la quiétude :
celle que possédaient son père et le colonel des Aulnois, et tous
ces braves du temps passé. Mon amie, quel est donc le souffle qui
passe sur la famille, sur l'école, sur le soldat?..... Ce matin, je
voyais le sourcil de Pierre se froncer en lisant le journal ; j'y jetai
les yeux : c'était le récit d'un cas d'indiscipline grave, relaté comme
un fait divers. Le meneur avait entraîné la moitié de l'escouade.....
Le Conseil de guerre s'assemblera pour les juger dans quelques
jours, et la punition sera grave.....

— Heureusement qu'il y a des punitions graves pour enrayer le
mal!.....

J'ai fait cette remarque à voix haute et n'ai pas reçu de réponse.
Quand Pierre est très préoccupé, il ne répond pas.....

Le lieutenant de Veyle est venu fort à propos pour opérer
diversion.

— Huguette, je te présente le sous-lieutenant de Veyle, futur
beau-frère de Nicole. Garde bien ce secret!

D'abord, la jeune fille ne sait rien; sur ce point, Nicole est intraitable. Je n'essaye pas de la convaincre ; je n'obtiendrais rien.

M. de Veyle, un garçon charmant, se contente, faute de mieux,
de la promesse, très loyale d'ailleurs, d'être agréé dans un an
comme fiancé de Lucie, si Lucie y consent ; et il vit dans l'espoir,
cherchant à faire naître les occasions de se trouver en présence de
son aimée. Il vient justement nous prier d'aller au théâtre de X....,
où des artistes de passage vont donner *Cyrano*. Je le menace du
doigt :

— Lieutenant, vous avez une idée de derrière la tête!.....
Il a souri.

— Si vous le voulez bien, Madame, ce serait facile d'entraîner à
votre suite la famille Verneuil?.....

— Est-il assez diplomate, ce prétendant?.....

— Bon!..... J'essayerai!.....

Il me baise les mains, se confond en remerciements et ne nous
quitte que quand j'ai écrit à Nicole pour lui donner rendez-vous à
la gare, le lendemain.

— Naturellement, tu emmèneras Lucie!..... *Cyrano* est très honnête et d'une constance à rendre des points à tous les cœurs
épris.....

Je pense, Huguette, que tu loues ma charité?..... Un théâtre de province n'a rien qui nous séduise. Pierre m'a répété par deux fois :

— Quelle corvée ce serait si nous ne devions nous trouver avec nos amis!.....

Je t'écrirai après-demain, au retour.

. . . .

Je frémis encore!..... Que ne sommes-nous restés au coin du feu!..... D'abord, pas de Verneuil..... Au dernier moment, l'un des bébés tousse et Lucie se foule le pied. Nous partons quand même, car le lieutenant nous a devancés et se morfondait à nous attendre avec les plus noires suppositions ; mais quand il nous voit seuls, son nez s'allonge comme celui de Cyrano. Ce pied foulé lui porte un coup terrible ; combien de jours, de semaines, Lucie va-t-elle garder la chambre sans se laisser entrevoir?.....

Commencée sous ces auspices, la soirée se traîne, s'éternise ; la comédie est pour nous une redite qui ne nous intéresse plus, les acteurs sont médiocres, la salle est froide et, avec un soupir de soulagement, nous voyons s'abaisser enfin le rideau. Nous n'avons qu'une pensée, un désir, reprendre le train et nous retrouver chez nous ; Pierre regarde à sa montre, l'heure s'avance et nous mettons assez de hâte à nous frayer passage dans le flot qui sort des couloirs. Nous sommes sous le péristyle, lorqu'un cri sort de la foule :

— A bas l'armée!.....

Une houle se produit ; on murmure, on proteste, on cherche le manifestant — qu'on ne trouve pas, car on arrête deux hommes qu'il faut relâcher. Pierre est pâle à faire peur. Je regarde tout ce monde en face, mais je ne le vois pas, je n'entends pas M. de Veyle qui parle, qui s'agite, et quand nous sommes dans le wagon, seuls, tous les trois, les larmes m'étouffent. Eh bien! non, je ne veux pas pleurer!

C'est odieux! Cela me rappelle un souvenir de mon voyage de noces, un jour que nous avions demandé à l'hôtelier un journal français. Quel journal! Il jetait des fleurs aux coupables, de la boue aux innocents. Mais nous étions alors en pleine phase d'égoïsme et nous nous dîmes que les débats surexcitaient les partis, égaraient l'opinion. Est-elle restée égarée à ce point?..... Ah! Huguette, je souffre, plus encore pour lui que pour moi.....

IX

Le lieutenant d'Arfeuil s'était ressaisi le premier. Moins jeune que son camarade, moins bouillant, il semblait avoir oublié l'insulte dont le souvenir faisait bondir M. de Veyle comme sous le coup d'un soufflet. Et, silencieux, Pierre le laissait discourir en sa présence, sans se départir de son calme surprenant.

Marguerite ne s'y trompait pas. Elle connaissait trop bien le caractère de son mari pour croire à ce sang-froid. N'était-ce pas lorsqu'il était le plus profondément touché qu'il n'en laissait rien paraître, même à celle dont le cœur battait à l'unisson du sien!..... Elle attendait, anxieuse, évitant de provoquer l'expansion qui — elle le savait — viendrait un jour et serait complète quand la pensée l'aurait mûrie. Rien qu'à son regard, au ton qu'il employa — à l'issue du dîner — pour éloigner l'ordonnance et lui interdire de recevoir qui que ce fût, elle attendit et rapprocha son fauteuil. Il n'entra dans aucun préambule.

— On se trompe sur nous, et ce n'est pas étonnant, puisque la presse nous a calomniés. Nous a-t-on assez représentés comme des paresseux, des nullités, des matamores dont le propre est de traîner le sabre et de parler haut? Et peut-être ceux qui écrivent ces choses ont-ils des exemples indéniables, des portraits ressemblants que beaucoup peuvent reconnaître et qu'ils reconnaissent en effet. Mais là où il y a des hommes, n'y a-t-il pas eu toujours des incapables, des tièdes, des jouisseurs?.....

Ce que nos antagonistes nomment « la vieille culotte de peau » représente le plus souvent un brave homme qui a conquis ses grades à l'ancienneté et s'en va, tout doucement, par son petit chemin d'habitude, jusqu'à la retraite qui est pour lui le repos mérité..... D'autres, des jeunes, une fois sortis de Saint-Cyr, brûlent leurs bouquins, ajustent leurs tuniques et ne rêvent plus que du riche mariage qui les enlèvera au mess — une gargotte! — et leur facilitera l'usage des gants blancs. D'autres encore attendent l'heure de charger les batteries et de se ruer au cri de : « Vive la France », le sabre en l'air, sur une masse confuse telle que la représente l'image d'Epinal. Mais il y a d'autres officiers dans l'armée.....

— J'en connais, mon ami!.....

— Il y a ceux qui veulent servir la patrie dans la paix comme dans la guerre et ne croient pas que le sort de l'armée puisse être le jouet de politiciens. Déjà nous avons les littérateurs, ceux qui consacrent une plume alerte à des ouvrages qui fouettent l'indolence et allument le feu d'énergiques résolutions.....

— Alors, nous allons écrire? sourit Marguerite en lui prenant la main.

— Non, pas maintenant..... peut-être plus tard!.....

— Alors?.....

— On nous donne, en haut lieu, le conseil d'amuser le soldat, de le distraire après l'exercice pour qu'il oublie le chemin du cabaret. Déjà la caserne possède un jeu de croquet..... on projette d'acquérir un tennis, et les plus jeunes des sous-lieutenants se dévouent de temps à autre avec une entière bonne humeur..... Seulement, il y a les jours de pluie, les soirées d'hiver, où la chambrée est triste, mal éclairée, mal chauffée, trop peu silencieuse pour permettre une lecture, trop peu paisible même pour favoriser les conversations. Aussi le mastroquet du coin reprend ses droits. Où iraient ceux qui n'ont pas de parenté?..... Les plus rangés se laissent entraîner par le voisin : « Viens donc boire un coup en faisant une partie de cartes?..... » On en fait deux, on rentre en titubant, on se querelle, on se jette les godillots à la tête et on se fait coffrer par l'adjudant. Encore si la prison portait à réfléchir! Bien peu y sont allés qui n'y retourneront pas ; bien peu auront le courage de s'abstenir de l'alcool, dès que l'habitude leur en aura fait un besoin.....

— Donc, ton idée?.....

— Voici : je fonde un cercle. Il y a le cercle des officiers, il y aura le cercle des soldats. Ce dernier sera le foyer de famille, où viendront s'abriter les grands enfants que sont la plupart de nos hommes ; en le leur rendant agréable, ils n'en oublieront pas le chemin, se grouperont autour de nous, apprendront à nous connaître, à nous aimer, à nous obéir, non pas tant par force que par devoir.....

— C'est bien, cela, mon ami!.....

— Tu m'approuves?..... J'étais sûr que tu m'approuverais!
s'écria le lieutenant en prenant les deux mains de sa femme
qu'il retint dans les siennes pour forcer plus encore son attention. Car ce ne serait pas le tout de fonder, il faudrait faire
subsister l'œuvre, moralement, matériellement, lui apporter
un dévouement inlassable, des ressources suffisantes pour
qu'elle ne s'anéantît point faute de constance et faute d'or.....

Muets, les yeux dans les yeux, ils embrassaient toutes-les
difficultés, mais aussi tout le bien qu'elle serait à même d'ac-
complir.....

— C'est un problème, nous le résoudrons ensemble, s'écria
la jeune femme dans le généreux élan de son cœur.

Elle ajouta, déjà impatiente :

— Et nous n'y apporterons aucun retard.....

Il sourit. Cette belle ardeur l'enchantait.

— Le premier pas à faire est d'obtenir l'assentiment du colonel.....

— Il ne nous manquera pas. Est-ce que le bien n'est pas
toujours autorisé?.....

— Il devrait l'être ; toutefois, il peut y avoir des obstacles,
des empêchements que nous ne prévoyons pas.....

— Tu me fais peur !.....

— Mais nous les surmonterons, n'est-ce pas, mon ami?.....
En ce monde, quelle est l'entreprise qui marche sur des rou-
lettes. La nôtre pourra subir la loi commune, sans pour cela
nous décourager. D'ailleurs, d'autres que nous s'y intéresseront : les vieux avec leur expérience, les jeunes avec leur
ardeur. Le tout consiste à donner le branle..... Est-ce aujour-
d'hui que nous commençons?.....

Ni l'un ni l'autre n'aimaient laisser traîner les choses. De
plus, la vague inquiétude de trouver sur la route des embûches
imprévues les poussait à trancher tout de suite la situation.

Le colonel reçut amicalement le lieutenant d'Arfeuil ; sa
sympathie lui était acquise et il la témoignait à l'occasion.
L'air préoccupé du visiteur le frappa.

— Qu'y a-t-il, lieutenant?..... Vous avez l'air d'un conspirateur.....

Pierre exposa son projet ; il dit comment l'idée lui en était venue, surgie d'un choc, et avec quel zèle il l'exécuterait s'il s'y voyait encouragé par son chef.

Le colonel, spontanément, lui tendit la main :

— Mon cher ami, vous réalisez l'un de mes vœux. N'est-ce pas répondre à l'un des pressants besoins de l'époque actuelle que de moraliser le soldat? Le laisser toujours sous le coup de la discipline justifie le reproche qu'on nous adresse de l'abêtir par les punitions. Mais si, après son temps de service, il retourne chez lui plus instruit, plus intelligent, plus policé, les pères de famille verront avec moins d'effroi la grande épreuve ; leurs préjugés contre l'armée s'en atténueront..... Il est donc entendu que je vous donne carte blanche..... Tenez, justement, cette salle de bal vis-à-vis le quartier ne servirait-elle pas vos desseins?..... et quelle bonne œuvre de la détourner de sa destination!..... De même, si on pouvait s'attribuer le terrain vague qui y touche.....

— On se l'attribuera, mon colonel..... Ce n'est qu'une question d'argent.....

— Ah! mon ami, c'est une belle chose que la fortune quand elle est au service d'un grand cœur!..... Et, vraiment, je serais bien trompé si votre projet ne trouvait pas des adeptes parmi nous..... Il ne faut qu'un premier moteur pour que la terre tourne et que les astres gravitent autour du soleil.....

La prédiction du colonel se réalisa. Le même soir, plusieurs de ses camarades vinrent trouver d'Arfeuil :

— C'est vrai, le bruit qui court?..... Vous allez fonder un cercle pour les soldats?.....

— Très vrai!..... Et si je pouvais espérer votre concours?.....

Ils acquiescèrent tous spontanément :

— Moi, je me charge du croquet, du football, du tennis.....

— Moi, du jardinage : j'ai ça dans le sang : mon père était agriculteur..... et, s'il faut pousser les expériences, nous ferons un peu d'agronomie scientifique.....

— Les engrais naturels et les engrais chimiques? sourit le capitaine de la deuxième, gendre de Mme Erard.

— Parfaitement : l'engrais!..... comme dans la *Cagnotte*.....

— A propos de la *Cagnotte*, on pourrait bien jouer la comédie?.....

— Du Courteline?.....

— Sûrement du Labiche..... C'est amusant et moral, le Labiche..... Croyez-vous que nos petits soldats ne se délecteraient point au *Voyage de M. Perrichon* ?

— Certains, oui!.....

— Tous! il faut que tous comprennent : on y arrivera avec le temps.

— Quant à moi, conclut le major, je prétends leur faire un cours d'hygiène, puisque je les tiendrai là, dans ma main.....

— Ça les ennuiera.....

— Jamais de la vie! Nous agrémenterons la chose par des projections et je leur prouverai les ravages de l'alcool sur.....

— Des cochons d'Inde?

— Parbleu! c'est leur rôle, à ces pauvres cobayes.....

— Nous alternerons, major, si vous le voulez bien, dit à son tour le commandant Rebouleau, par des vues de Crimée, d'Italie, de Chine, du Tonkin?..... Et si mes récits de campagne peuvent les intéresser.....

— Ils les intéresseront, commandant, soyez-en sûr, et ce leur sera une école de bravoure et de devoir.....

Le sous-lieutenant de Veyle, absent ce jour-là, arriva dès le lendemain matin. Il était très ému :

— Vous valez mille fois mieux que moi, mon lieutenant!..... Je me contente de m'indigner ; vous, vous agissez : je profiterai de la leçon!..... Voulez-vous m'associer à votre œuvre?..... Que puis-je faire pour m'utiliser?.....

— Occupez-vous de la bibliothèque, mon ami! Faites une revue des livres ; classez, expurgez, appelez-en aux éditeurs de bon vouloir pour qu'ils nous envoient des publications saines et non de ces romans infects qui démoralisent. Vous aurez charge d'âmes, et votre mission n'est pas l'une des moindres.

— Merci, mon lieutenant! Je m'y adonnerai de tout mon pouvoir ; et non seulement j'écrirai aux éditeurs, mais j'entrerai en relation avec les officiers de savoir et de mérite qui s'appliquent à nous créer une littérature militaire ; ils me guideront, me conseilleront, ces « traîneurs de sabre » qui n'attendent pas, les bras croisés, l'heure d'une revanche et remportent des victoires glorieuses comme des batailles puisqu'elles forment l'esprit sans meurtrir le corps.....

Ils se serrèrent la main, et M. de Veyle allait se retirer, quand Marguerite parut :

— Je devine ce que vous venez faire ici!..... Eh bien! voici de l'ouvrage. Nous autres, nous projetons aussi d'y coopérer. La femme du général donne le branle : elle propose d'affecter au nouveau cercle la somme destinée aux réceptions de l'année; la femme du colonel retape ses chapeaux et rafraîchit ses robes pour nous verser intégralement sa pension, et voici que toutes les autres veulent organiser une vente d'objets confectionnés par elles à leurs moments perdus.

— Une vente, Madame?.....

Elle se mit à rire et le menaça du doigt :

— Bon!....., voici que vos yeux brillent comme si vous la voyiez déjà, cette vente, avec ses différents comptoirs?..... Peut-être bien que l'un d'eux sera tenu par une jeune fille brune..... toute disposée d'ailleurs à nous aider, elle aussi!..... Avouez donc, lieutenant, que ceci ne vous surprend pas, et même que vous y comptiez, en secret?.....

X

L'installation du cercle militaire fut un événement parmi les soldats. On en parlait dans la chambrée, à l'heure de la soupe ; on s'en allait, par escouades, constater que « ça avançait ». Ça pouvait bien avancer, puisque tout le monde poussait à la roue, même le *colon!* L'ordonnance du lieutenant d'Arfeuil, Irénée, avait acquis une popularité extrême ; dès qu'il paraissait à la caserne, on l'entourait, on le faisait parler ;

— C'est-y vrai qu'on aura un jardin?..... Tâche de leurs-y
dire d'y mettre des quilles et un jeu de tonneau? Y faudrait
aussi une balançoire..... Sais-tu s'y aura une balançoire, Irénée?.....

Irénée, d'un air d'oracle, racontait un tas de choses qu'il
avait entendues en servant à table, et il promettait solennellement — tel un candidat à la députation — qu'on aurait ce
qu'on demandait ; qu'il n'y avait qu'à parler poliment pour
tout obtenir.

— Même que les parents de Madame, des ceusses qui ont des
mille et des cents, envoyaient tous les jours des billets bleus.....

— Comment que tu le sais?.....

— Dame! par le facteur!..... C'est moi qui porte le « régître »;
le lieutenant y met sa paraphe, et sa dame, au coin de l'œil,
a une petite larme : c'est des bonnes gens!.....

Irénée disait vrai. M. et Mme de Laval s'intéressaient à
l'œuvre entreprise, la trouvaient bonne et belle, l'aidaient de
leurs deniers ; car elle était venue leur montrer sous un nouveau jour le militarisme qu'ils accusaient de briser la vie de
famille et de compromettre, par des habitudes de désœuvrement et de débauche, l'avenir du jeune soldat. Quoi de plus
utile, de plus noble que de créer à celui-ci un centre où il
s'abriterait contre les tentations, où son intelligence, au lieu de
s'atrophier, se développerait, s'élargirait à loisir? M. et Mme de
Laval se sentaient justement fiers de ce que leur gendre eût
pris l'initiative d'une si belle entreprise.

Les lettres de Marguerite les rassérénaient aussi. Jusque-là,
ils les avaient soupçonnées de cacher un vide profond, un
ennui fatal dans ce petit trou de province entrevu par eux un
jour de pluie : une pluie fine et ténue qui l'enveloppait comme
d'un linceul. Ils s'en étaient revenus navrés chez eux, s'exa-
gérant les conséquences de cet état de choses et pleurant sur
le sort fait à leur enfant. Mais la scène changeait ; elle s'agran-
dissait sur place, rejetait la banalité du décor, la monotonie,
pour y substituer de nouveaux horizons. Ils savaient leur fille
trop intelligente, trop prompte à comprendre la portée d'une

telle œuvre, pour ne pas être persuadés qu'elle s'y associerait de toute son âme et s'y intéresserait de tout son cœur.

Peu faits pour éterniser des plaintes et maintenir des rancunes, ils se réjouirent franchement de la voir, aux côtés de son mari, lui prêter l'aide morale dont elle était capable et devenir la confidente de tous ses projets :

Nous venons de décréter, après examen sérieux, écrivait-elle, que nous couperions le hall par une cloison mobile, qu'on enlèvera au besoin, mais qui aura l'avantage d'isoler les lecteurs des joueurs de billard. Car nous avons trouvé à acheter un billard dans une vente judiciaire et à de bonnes conditions. Quant à *notre* jardin, il prend tournure ; la pelouse est semée et commence à verdir ; on cimente le bassin du jet d'eau ; naturellement, il y aura des poissons rouges, comme *great attraction.* J'attends les fleurs promises par *Bon-Accueil :* trois massifs et une plate-bande sont disposés pour les recevoir. Deux occupations me restent, absorbantes : aider M. de Veyle à former la bibliothèque, et brosser les décors du petit théâtre dont vous avez promis, mes chers parents, de donner le rideau. Donc, pour m'inspirer, j'évoque certain coin de bois tout fleuri d'anémones, avec la silhouette d'une vieille tour moussue dans la profondeur des futaies. Entre les ramures, des morceaux de ciel bleu, les rayons de pourpre du soleil couchant!..... Tandis que je m'escrime, Pierre médite des sujets de conférence ; nous les discutons, et chacun de nous émet son idée.....

Elle écrivait aussi à son amie :

Huguette, nous avons trouvé notre chemin de Damas! Et quand je dis « nous », je pèche par orgueil, car c'est mon cher mari seul qui l'a découvert. Ma dernière lettre t'avait laissée sous l'impression de la souffrance provoquée par un cri brutal. Tu m'avais plainte, comme on plaint ceux qu'atteignent des insultes imméritées. Même, tu allais jusqu'à me prédire que cela ne pourrait durer ainsi, que nous nous lasserions, à bon droit, d'un pareil état de choses, enfin que *Bon-Accueil* nous reverrait bientôt, au grand bonheur de tous.

Eh bien, ma chère, *Bon-Accueil* nous reverra sûrement après les grandes manœuvres, où nous jouirons d'un mois de congé ; d'ici là, j'y ferai quelques fugues pour embrasser mon père et ma mère, mais nous sommes incrustés ici jusqu'à la nomination de Pierre au grade de capitaine. Celle-ci tardera plus ou moins, et nous désirons plus que moins, pour affermir notre œuvre avant d'en fonder une autre ailleurs.

Quelle œuvre? Un cercle pour les soldats! Et c'est la réponse du lieutenant d'Arfeuil à ceux qui attaquent l'armée. Il te faut venir voir cela, Huguette ; nous te ferons les honneurs du chantier ; seulement hâte-toi, si tu veux inspecter les travaux. Quinze jours encore et tout sera fini. Tu pourras, si le cœur t'en dit, assister à l'inauguration. Les hommes de la « première » se livreront à des exercices de gymnastique, et ceux de la « deuxième », dont quelques Parisiens, donneront *le Médecin malgré lui.* Du Molière? Sans doute! Il paraît que les répétitions marchent bien. Elles ont lieu le dimanche ; autant de perdu pour le cabaret! Je te préviens qu'il y aura une quête. Nicole ne pourra me refuser sa sœur, et nous ne pourrons, nous, refuser au lieutenant de Veyle — si dévoué à l'œuvre — l'honneur de guider la quêteuse dans les rangs des spectateurs..... A bientôt, chère donatrice, je t'embrasse tendrement.....

Trois jours avant l'ouverture du cercle, le colonel fit mander Pierre d'Arfeuil. Il lui tendit une lettre grande ouverte :

— Lisez, mon lieutenant!.....

Il lut, avec une attention qui se changea bientôt en stupeur. Son chef, nerveux, se promenait de long en large, les mains derrière le dos, mâchonnant sa moustache avec frénésie, jetant des lambeaux de phrases, de violentes exclamations. A la fin, il se domina, devint plus calme :

— Comprend-on ceci?..... On nous suspecte, nous, sur la foi de faux renseignements?..... Mais est-ce que nous songeons, mille tonnerres! à faire de la politique?..... à barboter dans le pot-au-noir?..... On soupçonne notre cercle d'être une officine où nous élaborerons un esprit particulier!..... Notre croquet, notre balançoire, nos poissons rouges, notre jeu de tonneau ont un air clérical qui inspire de sérieuses craintes en haut lieu!..... Quant à la bibliothèque, on la regarde de travers depuis que nous avons fait des mauvais romans un autodafé!... Qu'est-ce que nous allons bien pouvoir mettre en lecture, si nous avons brûlé *l'Assommoir,* la *Terre* et le *Docteur Pascal !...* Un tas de berquinades, sans doute, qui tâcheront de faire pièce à la République et secoueront les *Droits de l'Homme* comme autant de pruniers!..... Ce n'est pas tout. Nous annonçons des conférences. On veut en avoir le programme. De quoi parlerons-nous aux soldats?..... Il y a des idées subversives..... la religion, la morale.... qui ne doivent pas être à l'ordre du jour..... Bref, on insinue que, pour inspirer confiance, il nous faudrait inscrire, en lettres d'or, au fronton de la porte principale : *Cercle du Grand-Orient.*

Si nous ne le faisons pas, nous sommes de vulgaires calotins, de dangereux rétrogrades, des gens qui cachent leur idée de derrière la tête sous des dehors philanthropiques, enfin des loups déguisés en bergers!.....

Il s'arrêta de parler et reprit sa promenade furibonde dans la vaste pièce qui lui servait de bureau. Le lieutenant, songeur, rompit le silence pour dire :

— Mon colonel, m'autorisez-vous à aller m'expliquer à Paris?.....

— Parbleu!..... C'est une idée géniale!..... C'est cela, allez à Paris, mon cher, et défendez notre œuvre avec toute l'éloquence que vous possédez.....

— Il me suffira de mettre les choses au point.....

— Si vous n'avez pas affaire à des aveugles volontaires. Il n'y a pires sourds que ceux qui ne veulent pas entendre, rappelez-vous-le aussi..... Mais pourquoi vous décourager?..... Espérons, au contraire, que la lumière éclatera si vive et que la vérité se montrera si probante que vous réduirez en miettes toutes les objections..... En attendant, gardons le secret de ceci, mon cher; il sera temps encore, si vous échouez, de rendre publique l'arlequinade de nos gouvernants.....

.....Marguerite eut un étonnement extrême d'apprendre de quoi il s'agissait ; mais elle ne prit pas l'affaire au tragique, confiante qu'elle était en la bonté de la cause et en la pureté des intentions. Elle fit passer dans l'âme de son mari le calme nécessaire et la foi indispensable pour bien plaider sa cause.

— Mon cher avocat, ne prenez pas cet air morose..... Usez bien de douceur, de persuasion..... Je me porte garante qu'on jouera le *Médecin malgré lui* au cercle, mercredi soir.....

Au fond, elle n'en était pas convaincue. L'enquête la préoccupait. Echouer au port, ne serait-ce pas terrible?.....

Elle attendit fiévreusement une dépêche, qui la rassura. Son mari, au retour, lui donna des détails. Interrogé, il avait prouvé que les jeux de croquet et de tennis, pas plus que les exercices de gymnastique, n'offrent rien de condamnable ; que le théâtre de Molière, celui de Labiche, ne font pas rire aux dépens du pouvoir ; quant aux sujets de conférence, il s'était offert à les passer au crible. L'hygiène, l'agriculture, l'arboriculture, la viticulture ne soulevèrent pas d'objections ; on s'émut d'entendre parler d'apiculture. Qui chanterait les abeilles? Ne serait-ce pas quelque curé pourvu d'un rucher modèle et dont le zèle intempestif se targuerait de cet avantage pour se faufiler dans la place afin de circonvenir le soldat? Pierre s'était engagé d'honneur à repousser l'invasion du miel clérical, dont les propriétés caustiques nuisent à la République et mettent ses jours en péril.....

Marguerite confia plaisamment ces secrets à Nicole ; celle-ci écouta, sans rire, le menton dans la main, signe de préoccupation :

— Prenez garde..... Ceci est un ballon d'essai.....

— A quoi?..... et de quel ballon veux-tu parler?.....

Elle avait eu ce fier mouvement de tête que son amie nommait le « signal du combat ».

— Il est beau d'être brave ; mais, par le temps qui court, la prudence du serpent vaut mieux que le courage du lion.....

— Sois tranquille! Un homme averti en vaut deux, et ce qui vient de se passer nous est un avertissement.....

Nicole garda quelques instants le silence ; puis, avec un soupir :

— Personnellement, cet état de choses m'inquiète..... J'ai été bien imprudente d'accéder au désir que M. de Veyle m'exprimait, bien bonne de proposer un délai d'une année!..... Il est vrai qu'en une année il se passe bien des choses..... Le mariage de Lucie n'est pas encore conclu.....

— Pauvre lieutenant, s'il t'entendait!.....

— Ce serait peut-être très heureux!..... Que veux-tu, mon amie, l'avenir devient sombre..... Depuis la triste Affaire, les

points noirs se multiplient..... Ma mémoire enregistre nombre
de faits qui ne se seraient pas produits il y a quelque temps, et
je me répète qu'il n'y a point de pires esclaves que les officiers.....

— Pardon!..... Il y en a d'autres..... Veux-tu me dire où tu
la vois, la liberté?.....

— Dans les professions libérales, du moins.....

— Peut-être, et encore!..... Les notaires sont-ils si stables,
puisque l'Etat parle d'en faire des fonctionnaires, tout simplement?..... Ah!..... la liberté. On la loue, on la chante, on
l'exalte, on la désire, on la veut, on la réclame, on la cherche
partout, et on ne la trouve pas, bien qu'elle prétende régner.....

— A qui la faute?.....

— Selon moi, elle incombe en partie à ceux qui se con-
tentent de gémir. Ce ne sont pas ces chrétiens qui disent :
« Seigneur..... Seigneur..... » qui entreront dans le royaume
du ciel, nous apprend l'Evangile ; mais ces croyants qui luttent,
qui agissent, qui traquent sans repos ni trêve leurs passions.
Qu'on les prenne pour exemple ; qu'on ne répète pas, les yeux
vers les étoiles : « Mon Dieu, mon Dieu, où ça nous mènera-
t-il?..... » Tout simplement qu'on s'arrête, qu'on résiste, qu'on
refuse d'avancer, qu'on défende sa foi, ses droits de père de
famille et de citoyen. Ah! si j'avais un enfant, moi, il ferait
beau venir m'imposer la règle à suivre pour en faire un
homme.

— En attendant, vos fils d'adoption, les soldats, sont disputés
à votre influence, puisque, si l'on vous permet de les amuser,
de leur parler des dangers de l'alcool — et cela dans l'intérêt
de la race, — on vous surveille pour que vous n'invoquiez ni
Dieu ni la religion.....

— C'est l'éternelle lutte du bien et du mal ; elle n'est pas plus
ardue aujourd'hui qu'hier. Il y a longtemps qu'on a décrété
qu'il n'y avait plus besoin de « faire peur » en agitant la
torche de l'enfer ; mais, tu le vois, nous restons sur la brèche,
et si l'on enchaîne notre langue, on ne peut du moins arrêter
l'essor de notre cœur.....

Nicole, non convaincue, hocha la tête !

— Plus le cœur est grand, plus on souffre..... Vous autres, vous devrez beaucoup souffrir!.....

XI

— C'est-il à votre idée, mon lieutenant?.....

M. de Veyle fit signe que c'était bien ainsi ; et cependant, ce jour-là, il semblait difficile à contenter. Vingt fois il avait rectifié les festons de mousse et de lierre suspendus à la voûte, modifié les panoplies, doublé le nombre des drapeaux. Maintenant, sous le rayon matinal, toute cette verdure exhalait un parfum sauvage, les trophées brillaient comme autant de soleils, et les trois couleurs, gonflées par la brise, figuraient les voiles destinées à mener la barque à bon port......

On allait la lancer, cette barque, en pleine mer. Comme elle était belle et pimpante, toute neuve de la base au faîte, dégagée depuis la veille à peine du dernier échafaudage construit par les maçons. Et, à la hâte, on enlevait les échelles encore adossées aux murs, on dispersait le mortier qui formait, ici et là, des petits monticules blancs. En l'espace d'une nuit, deux lilas s'étaient mis à fleurir comme pour s'associer à la fête et jeter une note gaie dans la sévérité du décor. Le lieutenant de Veyle les regardait avec une satisfaction évidente ; il souriait en passant à côté d'eux ; il pensait que d'autres yeux que les siens les verraient tout à l'heure et y prendraient plaisir. Mais, soudain, une inquiétude le poignait : viendrait-elle? Mme d'Arfeuil le lui laissait croire ; n'était-ce pas uniquement par bonté? Durant l'hiver, combien peu il l'avait rencontrée dans le monde, gardée par sa sœur avec un soin jaloux et dont il augurait mal.

— Restez donc en paix, lieutenant, lui répétait Marguerite ; mon amie Nicole tient son rôle de mère ; la prudence le lui impose, puisque vous n'êtes pas fiancés et que Lucie ne doit rien savoir.....

— Hélas! murmurait-il à mi-voix.

Car, lié par sa promesse, il la trouvait maintenant téméraire ; elle lui pesait d'un poids très lourd, et il s'en fallait de rien qu'il ne cherchât, dans son impatience, à s'en décharger. Grâce encore à Mme d'Arfeuil, il y restait néanmoins fidèle ; elle lui démontrait, par sa propre histoire, qu'il faut espérer contre toute espérance et que les mariages sont écrits aux cieux. Elle le lui répéta, ce matin où s'achevaient ces derniers préparatifs.

— Ne vous montez pas la tête, mon ami!..... Et en supposant même qu'elle ne vienne pas, en quoi votre espoir serait-il compromis?.....

Sans lui donner le temps de détailler ses craintes, Marguerite lui prit le bras pour passer, comme elle le disait, l'inspection des travaux. Le lieutenant l'observait avec inquiétude. Il savait son goût exquis, son jugement sûr, et il triompha de l'entendre louer sans restrictions tout ce qu'il avait ordonné. De voir que tout était bien augmenta encore ses inquiétudes ; elles allèrent croissant jusqu'à l'heure désignée pour l'inauguration du cercle des soldats. Debout à la porte principale, il voyait se dérouler le flot des arrivants où il cherchait en vain la famille Verneuil. Une ride morose se creusait entre ses deux sourcils à mesure que les minutes s'écoulaient ; non, elle ne paraîtrait pas, retenue par sa sœur, peut-être par sa propre indifférence, loin de la fête qui se préparait! Cette dernière pensée martelait le cerveau du lieutenant par un douloureux problème. L'indifférence pour l'œuvre en impliquait une plus grande encore pour lui, l'un des principaux promoteurs. Et au moment où il brodait sur ce thème des variations sans nombre, son cœur s'arrêta soudain de battre. Là-bas, escortée de tous les siens, une gracieuse apparition s'avançait souriante, si belle, que le lieutenant fût tombé volontiers à ses pieds non seulement pour témoigner de son ardent amour, mais aussi de son repentir. Tout à l'heure, il accumulait les suppositions les plus décevantes ; maintenant, il chantait *Alleluia* en son âme et se reprenait à croire au bonheur.

— Eh bien! qui a eu raison de nous deux? lui disaient de loin les yeux de Mme d'Arfeuil.

Elle fit un signe d'appel à son amie qui vint se placer auprès d'elle.

— Merci d'être venue, Nicole, lui dit-elle tout bas.

— Tu me fais faire ce que tu veux! répondit celle-ci d'un ton de léger reproche. Sans tes instances, je n'amenais pas Lucie.....

Marguerite montra de la main un groupe de jeunes filles :

— Celles-ci sont bien venues.....

— Oui..... seulement elles n'ont pas les mêmes raisons de s'abstenir.....

— Allons, ne marchande pas cette miette de bonheur à celui qui a déployé tant de zèle pour l'œuvre et tant travaillé pour orner la salle en votre honneur.....

— Heureusement, Lucie ne se doute de rien!.....

Marguerite réprima un sourire. Les jeunes filles sont clairvoyantes, et elle espérait que celle-ci ne ferait pas exception. Au besoin, et sans forfaire à son amitié pour Nicole, elle glisserait quelques mots dont M. de Veyle lui saurait bon gré.....

Très entourée, très charmante dans sa toilette de foulard crème rehaussée de velours noir, Mme d'Arfeuil souriait à tous les compliments et répondait à toutes les questions. Ce cercle nouveau-né faisait du bruit dans la ville, mais plus encore dans les alentours. Les optimistes disaient monts et merveilles ; les pessimistes réservaient leur opinion. Le choix d'une comédie classique leur causait même secrètement une douce hilarité. Faire jouer à des soldats le *Médecin malgré lui !* On allait leur servir une farce qui sentirait la caserne : c'était bien impossible qu'il en fût autrement. Comme si elle eût deviné leur pensée secrète, Marguerite plaidait la cause des acteurs : des Parisiens, regardés comme « des dégourdis », habiles à se tirer des corvées et à se donner du bon temps. Ce bon temps, pour eux, consistait à fréquenter le *Chardon qui pique* et à y boire plus d'absinthes que ne l'eût voulu le major. Il les secouait de temps à autre, à la visite, leur prédisant mille calamités, ce qui les laissait froids comme marbre et pas du tout convaincus. Ce fut lui qui les désigna au lieutenant d'Arféuil : « Empoignez-moi ces deux gaillards : ils interpréteront fort bien Molière, s'ils le veulent..... C'est malin comme des singes, ces Parisiens-là !..... On les avait « empoignés », d'abord indifférents, un peu gouailleurs, mais bientôt intéressés à leur rôle, capables d'en souligner la finesse, d'en comprendre la portée et de ne pas tromper la confiance que le lieutenant mettait en eux. Le lieutenant, « un bon zig », leur parlait théâtre, leur citait les Coquelin et maints artistes qui savent être comiques sans jamais se faire burlesques. Un public de choix serait appelé à juger de leurs efforts, ce qui n'était pas le moindre des stimulants ; tout cela réuni leur valut un triomphe, et des applaudissements à faire crouler la salle saluèrent le *Médecin malgré lui*.

La fête continua par d'autres attractions : exercices de gymnastique, jeux d'adresse, mât de Cocagne où se balançaient plusieurs montres d'argent. La fanfare du cercle saluait les vainqueurs. Elle donna aussi plusieurs morceaux fort goûtés des mélomanes. Un quatuor : basse, clarinette, violon et piano, celui-ci tenu par Marguerite, fut des plus réussis. Les auditeurs comme les spectateurs étaient conquis ; très sincèrement, ils louaient l'œuvre et lui souhaitaient longue vie avec un croissant succès. Mais pas un qui ne se rendît compte de la lourde charge qu'assumaient les directeurs du cercle, tenus d'être toujours sur la brèche pour éviter qu'il y eût intermittence dans le bien ou qu'un état stationnaire amenât une fatigue, une lassitude, un fatal revirement. Pour que les enfants soient sages, les parents intelligents les occupent, les amusent ; mais les amusements et les occupations demandent à être variés suivant les saisons d'abord, et suivant aussi certaines dispositions d'esprit. Le lieutenant d'Arfeuil expliqua ceci, très spirituellement, aux invités dont il sollicitait l'appui. La phrase traditionnelle : « Ouvrez vos bourses..... Nous avons besoin d'argent, puisque l'argent est le nerf de la guerre..... » fut bien accueillie ; et quand M. de Veyle, plus ému qu'en un jour de bataille, guida Lucie dans les rangs pressés qui s'ouvraient sur leur passage, les pièces d'or et d'argent tombèrent en abondance dans la bourse qu'elle tenait. Bien jolie et bien gracieuse, vêtue ainsi de batiste rose pâle dont la délicate nuance s'alliait à ravir à son teint ambré, Lucie remerciait d'un sourire, heureuse de cette moisson qui serait profitable à une belle cause si sympathique à tous. La quête finie, à l'abri du grand chapeau dont l'avancée répandait une ombre sur son front et donnait à son regard plus de profondeur, les yeux de la jeune fille rencontrèrent les yeux du lieutenant. Sut-elle y lire tout ce qu'ils révélaient de respect, de désir et d'amour, aussi de crainte et de timidité?..... Jamais ce secret, si elle le retint en son âme, ne franchit ses lèvres ; et Nicole put croire encore, en toute assurance, que nulle pensée d'avenir ne venait solliciter sa sœur.....

XII

Depuis trois mois et plus, le cercle était prospère ; les marchands de vin se plaignaient, les bals des faubourgs ne faisaient plus leurs frais, car, peu à peu, les plus réfractaires, ceux qui raillaient l'empressement des camarades à se rendre là tous les soirs et à y passer leurs dimanches, se laissaient entraîner, eux aussi. La curiosité d'abord, la distraction ensuite, l'accueil qui leur était fait, tout de bonhomie, par des chefs placés ainsi sous un nouveau jour, les retenaient et en faisaient le plus souvent des habitués. Le lieutenant d'Arfeuil se consacrait corps et âme à l'œuvre devenue son ambition unique, celle qui lui enlevait même tout désir d'avancement.

Je crois que nous nous éterniserons à X..., écrivait Marguerite à sa mère. Pierre ne peut se faire à l'idée de quitter le cercle, et le nombre des présences y augmente de jour en jour. Deux fois la semaine, le « Conseil d'administration » se réunit chez nous, autour de la table à thé ; l'on constate le bien qui se fait, celui qui est à faire, et chacun apporte à l'œuvre collective tout son dévouement et tout son cœur. J'invite intentionnellement les Verneuil à ces conférences qui leur font voir de près les officiers. Nicole, me semble-t-il, est moins prévenue. Quand donc consentira-t-elle à transmettre à Lucie la recherche du lieutenant?...

Des projections lumineuses devaient avoir lieu, par les soins du commandant Rebouleau, le premier dimanche de novembre au soir ; mais, quelques heures avant la séance, une attaque de rhumatisme le cloua subitement au lit. Désolé et furieux, il griffonna, de sa main gauche, quelques lignes à l'adresse de Pierre d'Arfeuil :

Très cher ami, ma vieille carcasse me joue encore l'un de ses tours! Je ne les compte plus et je prendrais mon parti de ne pouvoir remuer ni pieds ni pattes, si ce n'était ce que vous savez..... Et d'autant plus que les vues ne m'appartiennent pas, et que je dois les renvoyer à qui de droit d'ici deux jours..... Faut-il infliger à nos hommes une déception réelle, ou prier quelqu'un de bonne volonté de me suppléer ce soir?.....

Pierre ne chercha pas longtemps. Ce quelqu'un, ce serait lui, et tout le monde serait content.....

— Sauf le colonel!..... hasarda Marguerite. Tu sais que nous devons dîner chez lui ce soir?..... ..

— Tu m'excuseras..... Le colonel est l'indulgence même..... J'irai te rejoindre, d'ailleurs, après la grande représentation.....

Elle l'embrassa :

— Tu es l'abnégation même.....

— Bah!..... pour si peu!.....

Il se hâta, quelques préparatifs restant à faire. Son ordonnance l'aida à disposer la tenture blanche face aux spectateurs et à placer l'appareil derrière eux. Ils arrivaient en foule, toujours attirés par les projections, impatients de voir celles dont le commandant leur parlait depuis plus d'un mois comme des plus intéressantes, surtout pour des soldats : « Vous verrez la guerre de Crimée avec Sébastopol, celle d'Italie avec les batailles de Solférino et de Magenta, Soixante-dix avec Wissembourg et ses héroïques Turcos, l'armée de Bourbaki passant la frontière suisse, l'incendie de Châteaudun, Champigny, etc.

Très nettement, ces différentes scènes apparurent, accueillies par un « Ah! » prolongé. Les réflexions s'échangeaient ; les applaudissements saluaient les victoires et le silence planait sur les défaites. Soudain, devant Champigny, une voix demanda :

— Qui est-ce qui les relève, les blessés?.....

— Parbleu, c'est des Frères! répondit, glorieux de son savoir, l'ordonnance de d'Arfeuil.

— Ceusses qu'on chasse, Irénée?.....

— Qu'on chassera, bien sûr!.....

— C'est-y vrai, mon lieutenant?.....

Pierre eut un geste évasif. Jamais il ne suivait ses hommes sur le terrain politique ; mais une réprobation passa dans son regard. Bien qu'officier, il n'en était pas moins chrétien et patriote ; quel vrai Français et quel croyant ne déplore pas les attaques contre la religion et les attentats contre la liberté?

Peut-être, sous l'impression de cette pensée triste, s'attarda-t-il à la vue de Champigny plus qu'à celles qui la précédaient ou qui la suivirent ; peut-être aussi Irénée ajouta-t-il quelques mots qu'il n'entendit pas ; car, le lendemain même, le journal radical de la ville donnait, en première page, un long article intitulé : *Un cercle ratichon.*

La feuille en main, le lieutenant bondit chez le colonel et lui fit le récit très détaillé du simple incident dont il ne l'avait même pas entretenu la veille. Il fut écouté avec attention.....

— Faut-il répondre à cette diatribe? termina Pierre d'Arfeuil.

— Non!..... Laissez tomber la calomnie..... Nous autres, soldats, devons-nous employer l'épée de la France à pourfendre la meute qui aboie sur nos talons?..... Le public fait justice de ces sottises, et notre œuvre ne cessera pas d'être utile et bonne, parce qu'une façon de Fouquier-Tinville en fait un danger pour la république des libres-penseurs.....

En revenant sur ce qui s'était passé, le colonel ajouta, parlant de Champigny :

— Ils ont raison de s'étonner, ces enfants, de ce qui se pratique de nos jours! Presque tous sortis du peuple, combien d'entre eux n'ont-ils pas reçu l'instruction de ces admirables et humbles Frères qui prendront peut-être aussi le chemin de l'exil?..... Le pourquoi de ces choses se dresse dans leur esprit, environné de mystère, et si j'avais été présent, moi, j'aurais rendu hautement hommage à ces obscurs héros.

— Vous me blâmez, mon colonel?

— Non, encore!..... mon grade me rend plus indépendant que vous..... et je sais, ajouta-t-il avec un sourire, que jamais je ne deviendrai général.....

— Une telle injustice?

— Qu'importe!..... Les hommes passent, mon cher ami!..... Et, pour leur obéir, jamais je n'abdiquerai mon droit de père de famille : mes fils seront élevés chrétiennement.....

Ils se serrèrent la main et se quittèrent pénétrés d'estime l'un pour l'autre. Depuis les quelques mois qu'il avait repris du service, d'Arfeuil observait de près des faits qui eussent poigné l'âme des anciens. Qu'eût dit le commandant des Aulnois, d'une loyauté si parfaite qu'elle en devenait intransigeante, de voir le règne de l'arbitraire s'établir jusque dans l'armée?.....

— Oui..... les hommes passent..... grâce à Dieu!..... murmurait Pierre en s'en revenant à son logis.....

XIII

M. et Mme de Laval arrivèrent chez leurs enfants sans y être attendus. Ils avaient quitté Paris après la nouvelle relatée dans un journal du soir : Le lieutenant d'Arfeuil, en garnison à X..., est envoyé à « Sidi-bel-Abbès en suite des faits qui lui sont reprochés ».

Eperdus, ne sachant de quels faits l'on parlait ni si la nouvelle était exacte, ne voulant point charger le télégraphe de demander des explications, ils venaient les chercher eux-mêmes.

— Marguerite!..... Dis-nous que ce n'est pas vrai?.....

L'étreinte silencieuse de la jeune femme les fit frémir.

— Est-ce possible?..... Et comment?..... Et pourquoi?.....

Pierre accourait ; ce fut lui-même, très calme, qui détailla l'affaire, la prenant depuis la soirée du cercle — huit jours à peine — jusqu'à la sentence qui l'avait frappé. Le colonel partait à Paris pour en appeler, s'il était possible.

M. de Laval eut un geste hautain :

— Pourquoi faire?..... Solliciter de ces gens un acte de justice, un mouvement d'équité? S'ils en étaient capables, ils ne vous incrimineraient pas, vous, fils et pupille de vaillants officiers!..... Car où est votre crime, de quelle faute peut-on vous convaincre, puisque vous n'avez pas même parlé?..... Eh bien! je vais vous dire, moi, ce qui fait qu'on vous soupçonne : Vous êtes mon gendre ; lors des dernières élections, j'ai combattu le candidat ministériel et j'ai conjuré tout le village de bien voter sans écouter aucune menace, sans subir nulle pression. Il leur fallait une revanche, n'importe laquelle. Peu leur importe de briser votre carrière, de priver l'armée d'un soldat de votre trempe, dont l'ambition unique est de servir le pays et de faire le bien!.....

— C'est odieux, en vérité! s'écria à son tour Mme de Laval ; mais vous êtes moins malheureux que beaucoup d'autres, mes chers enfants, beaucoup que l'on pourrait citer..... car vous, du moins, possédez la fortune qui donne l'indépendance..... Et maintenant, surtout après cette épreuve, vous apprécierez mieux votre liberté : celle de parler, de protester, d'agir à votre guise..... Attendez-vous donc le retour du colonel pour envoyer votre démission?.....

Le lieutenant, auquel cette question s'adressait, ne parut pas la comprendre ; il semblait prêter l'oreille à des voies entendues au dehors et laissait à sa femme le soin d'expliquer à Mme de Laval leurs communes intentions.

Celle-ci se pencha vers sa fille, assise sur un siège bas à ses pieds, et lui passa tendrement le bras à l'entour du cou.

— Veux-tu venir à Paris ou à Bon-Accueil, Marga?..... Bien que nous soyons en mauvaise saison, un séjour à la campagne vous irait mieux, peut-être, à tous les deux?.....

La jeune femme cacha son front sur les genoux maternels. Le lieutenant s'était mis à parcourir le salon à grands pas.

— Pierre?..... interrogea brusquement M. de Laval.

Il s'arrêta court :

— Mon père..... je resterai soldat !

Un rauque gémissement sortit de la gorge du vieillard. Sa femme, les bras étendus, semblait repousser un spectre entrevu déjà :

— Ma fille !..... Je ne veux pas !.....

— Votre fille avait promis, lors de son mariage, de nous rester toujours..... Une première fois elle a manqué à sa promesse..... Vous étonnerez-vous qu'elle se parjure de nouveau ?..... dit froidement M. de Laval.

— J'ai agi comme le feraient toutes celles qui voient souffrir leur mari et ont le pouvoir d'y remédier, mon père.....

— La souffrance de vos parents ne vous importe pas ?.....

— Elle m'est cruelle !..... Au prix de mon sang, je voudrais la calmer.....

— Ce n'est pas le sacrifice de votre vie qu'on vous demandait, mais celui d'une chimère.....

— Est-ce donc chimérique de servir son pays ?..... s'écria, pâle d'émotion, le lieutenant d'Arfeuil.

— Lorsqu'une nation supporte d'être menée comme celle-ci par une poignée de sectaires et qu'elle court à l'abîme, de gaieté de cœur.....

— Ne dites pas « de gaieté de cœur », mon père ! La France, la vraie France, lutte et souffre..... Et j'assisterais, les bras croisés, à cette agonie ?.....

— Eh bien, qu'elle réagisse, la vraie France !

— Elle ne le peut que par ses enfants. Un dévouement isolé ne serait rien s'il ne suscitait d'autres dévouements..... Et c'est précisément parce que la fortune nous confère l'indépendance qu'il est de mon strict devoir de n'en pas profiter, de me rendre à mon poste comme serait forcé de le faire le dernier de mes soldats.....

— Don-Quichottisme !..... à notre époque, les beaux gestes ne sont plus compris. La foule regarde et passe ; le plus souvent, elle hausse les épaules : « L'histrion ! » Elle dira ceci de vous pendant deux jours.....

— Qu'importe la foule!..... J'obéis à ma conscience, et si une âme, une seule âme peut tirer profit pour elle-même de ce que je fais aujourd'hui, mon sacrifice n'est pas inutile. Oh! non!

— Il est fou!.....

— Noble folie! dit doucement Marguerite en se laissant glisser aux pieds de ses parents.

Là, les larmes la gagnèrent. Si énergique qu'elle parût, si déterminée qu'elle pût être à soutenir son mari, il lui était impossible de rester calme en face de la désolation de Mme de Laval. La pauvre mère, affaissée sur son fauteuil, sanglotait amèrement, un seul mot aux lèvres :

— Mon enfant!..... Mon enfant!.....

Et soudain :

— Ah!..... Si tu avais un enfant à toi, tu comprendrais ma douleur..... un enfant unique qui voudrait te quitter..... sans souci de tes larmes..... quand il lui serait facile de demeurer..... de te donner ce suprême bonheur!.....

— Ma pauvre mère!..... Je jure, si Dieu m'accorde cet enfant, de lui laisser suivre sa voie..... dût sa vocation l'éloigner de moi pour toujours.....

— Car c'est son rôle, à l'enfant, de briser le cœur de sa mère!..... conclut M. de Laval avec ironie.

— C'est celui de la mère de respecter sa liberté, dit gravement Marguerite.

Et cette réponse lui arracha de nouveaux pleurs.....

— Eh bien, oui, soyez libres ; vous êtes bien de votre siècle, après tout ; d'un siècle qui fait bon marché de la famille, qui foule et qui écrase toutes les traditions!.....

Il cherchait à entraîner sa femme ; elle lui résista pour la première fois de sa vie.

— Que les mères sont lâches!..... Elles ramperaient volontiers aux pieds de leurs enfants.....

Mais elle n'entendait rien, ne voyait rien que sa fille, son unique fille qui allait la quitter, peut-être pour toujours. Dignité et liberté lui semblaient des mots creux et sonores, dont sa douleur ne saisissait pas le sens. Maintenant, elle se cramponnait à l'espoir que le colonel aurait gain de cause ; elle fut bientôt désabusée. D'un œil morne, comme en rêve, elle regardait affluer les visiteurs dont les condoléances la rappelaient forcément au sentiment de la réalité. Pierre et Marguerite s'étaient fait aimer dans cette petite ville ; la disgrâce et le motif qui l'avait provoquée les rendaient populaires. Mais l'éternel « Où allons-nous?..... Que deviendrons-nous avec un pareil régime?.....» faisait hausser les épaules à M. de Laval. C'était un vrai Lorrain, intransigeant quant aux principes, et que les plaintes stériles, les condescendances stupides exaspéraient. Nommez de bons députés, que diable! au lieu de gémir, ou ne vous étonnez pas de ce qui vous croule sur le dos.....

A la caserne, on ne parlait que du lieutenant ; on cherchait à découvrir le Judas qui avait trahi son maître..... « Ah! si on le tenait!..... » On ne le tenait pas. Les Judas modernes ne se pendent pas et ils gardent en poche les trente deniers.....

Le cercle réunit tous ses habitués la veille du départ ; mais quelque effort qu'il fît pour remonter le moral des hommes, d'Arfeuil n'y réussit pas. Ils le regardaient, l'écoutaient les bras ballants, une tristesse au visage et comme une sorte de honte d'être la cause indirecte de cet événement :

— Une vraie saleté, quoi!.....

L'un des Parisiens avait promis qu'il exprimerait le sentiment de tous : mais, dès qu'il l'essaya, l'émotion le prit. Il lui parut qu'il allait parler sur une tombe et il recula sans prononcer un mot. Ce fut un *bleu*, un enfant, auquel sa mère écrivait : « Va au cercle tous les soirs..... Ça te remplacera chez nous », qui demanda, timide :

— Alors, c'est fini, on ne pourra plus venir?.....

Vingt voix s'écrièrent :

— Nous continuons l'œuvre, nous!.....

Et il y avait parmi eux des officiers qu'une disgrâce eût mis au pied du mur. Le colonel les considéra l'un après l'autre, fier de cette vaillance, de ce dévouement ; mais il revendiqua la charge sous laquelle d'Arfeuil venait de succomber.....

— Et moi?..... Vous ne voulez pas de moi?..... balbutia le commandant Rebouleau. Est-ce que je ne puis être gérant responsable?..... Mon éternel regret sera d'avoir provoqué tout ceci sans le savoir.....

D'Arfeuil lui serra la main ; il la serra à tous ses frères d'armes, et quand les hommes défilèrent tous devant le lieutenant qui les regardait avec attention, comme pour mieux graver en sa mémoire leurs noms et leurs traits, Irénée et bien d'autres avaient encore des larmes dans les yeux.....

Le lieutenant de Veyle était l'un des officiers qu'affectait le plus le départ de d'Arfeuil. Son attachement pour lui était sincère, et ses regrets s'inspiraient en outre d'un sentiment tout personnel. Mme d'Arfeuil n'avait-elle pas été son avocate auprès de la sœur de Lucie?..... Grâce à son appui, il avait obtenu d'espérer durant une année entière ; mais, bien qu'il eût foi en cette promesse, il s'avouait que le départ de sa protectrice portait à ses projets si chers un coup presque mortel.....

—,Voilà ce qu'on fait de vous?..... répétait Nicole avec une indignation douloureuse. Sur un simple rapport, une dénonciation calomnieuse, on vous envoie au bout du monde, où l'on vous chasse, ou l'on vous met en prison!..... Comment veux-tu que j'accepte une pareille situation pour Lucie?.....

Marguerite, bien que succombant sous le poids lourd de l'épreuve, trouvait la force de réfuter les dires de son amie, de lui promettre un bel avenir pour M. de Veyle et de la conjurer de ne pas s'appuyer sur un fait isolé pour influencer sa sœur. Elle l'ébranlait à peine. Nicole se jetait à son cou, l'embrassait avec émotion et se lamentait de là perdre après l'avoir retrouvée si heureusement. Quant à lui concéder quelque chose, elle s'y refusait :

— Nous verrons, le temps écoulé.....

Parfois elle ajoutait :

— Lucie est comme notre fille ; son exil nous désolerait tout autant que le tien peine M. et Mme de Laval.....

De fait, les pauvres parents ne se ressaisissaient pas. Restée jusque-là jeune et vaillante, la mère de Marguerite s'était courbée en huit jours comme une vieille femme et ses cheveux avaient blanchi. Pareille à une ombre, elle s'attachait aux pas de sa fille, la suivait d'un regard qui semblait répéter sans cesse :

— Je ne te verrai plus longtemps, toi la joie de mes yeux, mon cher bonheur !.....

Son mari n'essayait plus de la rappeler à elle-même en lui reprochant son manque d'énergie. Il en montrait pour deux, hautain et à la fois sévère, tenant rigueur à son gendre et maintenant à distance Mme d'Arfeuil.

Depuis le jour où il les avait vus déterminés à partir, il s'était renfermé dans un blâme silencieux, lourd de reproches que de rares sarcasmes rendaient plus dur encore aux siens. Aussi, tous aspiraient à une solution prompte, las qu'ils étaient de souffrir eux-mêmes et de voir souffrir.....

Le lendemain de la dernière soirée au cercle, il y eut grande affluence à la gare pour y accompagner les voyageurs, et chacun regardait, à la dérobée, ce grand vieillard qui ne regardait personne et qui semblait être venu là seulement parce que sa femme y venait. Aux Verneuil même, il montrait une stoïque indifférence pour ceux qui s'en allaient poussés par la folie des sacrifices inutiles et des illusoires dévouements.

— C'est une toquade, disait-il.

Et il interviewait le notaire au sujet d'un placement de fonds dont le remploi était urgent.

Nicole, navrée de cette attitude, avait laissé les deux hommes en conférence pour s'en aller vers Mme de Laval, effondrée sur un fauteuil. Mais les condoléances n'arrivaient pas à l'oreille de la pauvre mère pas plus que les encouragements et les réconfortants.....

— Que va-t-il arriver ?..... Je te confie ma mère, murmurait éperdûment Marguerite à Mme Verneuil.

— Je te promets, mon amie, de te suppléer auprès d'elle autant qu'il se pourra..... hélas !.....

— Ne veux-tu pas me faire une seconde promesse?..... Le lieutenant de Veyle est si malheureux!.....

Mais le visage de Nicole devint inflexible. Elle n'avait pas voulu que Lucie assistât aux derniers adieux, devinant que le lieutenant serait là, aux côtés de d'Arfeuil ; de plus en plus hésitante, elle évitait soigneusement qu'il se trouvât en présence de sa sœur.....

— Ne me demande pas cela..... surtout quand tu pars!..... Je ne suis pas héroïque, moi..... Tu as les grâces d'état d'une femme d'officier.....

Un double soupir ponctua cette phrase. Les grâces d'état donnent le courage, mais n'enlèvent pas la faculté de souffrir. Et de voir Mme de Laval si affaissée qu'elle en paraissait insensible, M. de Laval si outré qu'il en semblait indifférent, poignait leur fille et lui rendait plus dur le départ.

De temps à autre, la voix vibrante de son père lui parvenait, martelant les mots, discutant des valeurs françaises ou étrangères, de l'opportunité qu'il y aurait à placer en Belgique, dans une banque sérieuse, une bonne partie de son avoir....., « car la déroute arrivera, du train dont on mène les choses... » Qui sait même si je ne vendrai pas ma propriété de Bon-Accueil!.....

Et comme le notaire s'étonnait qu'il songeât à se défaire d'un bien venant de famille, il déclarait que ce bien n'est précieux que si l'on peut le léguer plus tard à ses enfants.....

On eût dit, à l'entendre, que ses enfants à lui n'occupaient plus ses pensées ni dans le présent ni dans l'avenir.....

La main de Marguerite se crispa sur celle de Nicole et leurs yeux se cherchèrent avec désolation.....

À ce moment même, la porte de la salle d'attente s'ouvrit et l'employé appela les voyageurs.

— Maman!..... Ma pauvre maman chérie!..... Adieu!..... Au revoir!.....

Mme de Laval se laissa machinalement embrasser par sa fille. Quand M. de Laval la vit venir de son côté, il s'arrêta, fit un mouvement de retraite, porta la main à son front et s'abattit comme une masse, sans un cri, sans une seule parole.

Marguerite eut un gémissement et s'élança vers son père, que déjà son mari soulevait dans ses bras.

— Un médecin?..... un médecin?..... gémit Nicole.

Un homme, presque un vieillard, accourut à cet appel. L'examen dura quelques secondes.....

— C'est grave, docteur?.....

— C'est sérieux, Madame!..... Une congestion, avec paralysie du côté droit.....

Mme de Laval sanglotait, agenouillée auprès du corps inerte. Le train siffla.

— Pars!..... pars donc !..... dit-elle amèrement à Mme d'Arfeuil.

Marguerite jeta un regard éperdu à son mari. Pierre lui tendit les bras et ils s'étreignirent désespérément :

— Adieu!..... je te rejoindrai.....

— Adieu!..... répondit en écho la voix du lieutenant d'Arfeuil.

Et la scène s'était faite si rapide, elle était si douloureuse et si imprévue, que les quelques amis entourant les deux femmes restaient muets, consternés. N'était-ce pas le comble de l'épreuve, pour ces époux si unis, de s'arracher l'un à l'autre à l'heure même du départ?..... Mais combien plus l'épreuve était cruelle de ne pouvoir lutter ensemble pour conjurer la mort!.....

XIV

De sa grosse écriture écolière, Irénée écrivait à ses parents *

La présente est pour vous dire que je ne reviens pas, comme je l'avais pensé. Je ne peux pas quitter, maintenant qu'il y a du malheur ici. Le père de Madame est tombé d'un coup de sang, rapport au mauvais qu'il s'est fait de voir partir sa fille qui n'est pas partie. On l'a ramené comme mort, tandis que je clouais les caisses pour les envoyer au chemin de fer. Ç'a été une grosse ouvrage de tout remettre en état. Maintenant, j'ouvre la porte aux personnes qui viennent chercher des nouvelles de Monsieur. Les deux médecins

qui le soignent le trouvent un peu moins mal. Il a ouvert les yeux
ce matin. Justement je passais là et je crois qu'il m'a reconnu. Les
dames sont très fatiguées et ne dorment presque pas. Moi, je ne
peux vous en apprendre plus long et je termine en vous donnant
à tous le bonjour.

Votre fils Irénée.

Ce que disait le brave garçon était exact. Après quinze jours
d'angoisses, une légère amélioration se faisait sentir dans l'état
du malade, bien que la situation restât grave et qu'on ne pût
encore espérer en l'avenir. Ce coup de foudre, au lieu de ter-
rasser Mme de Layal déjà si chancelante, lui avait rendu une
partie de son énergie. Arracher son mari aux étreintes de la
mort primait tout autre sentiment :

— S'il guérit, je promets à Dieu de faire mon sacrifice ; car
la plus grande douleur est la perte de ceux qu'on aime, se répétait l'épouse éplorée.....

Marguerite, par contre, s'était sentie faiblir en se séparant
de Pierre ; une obscurité soudaine avait remplacé la lumière
qui éclairait la route du devoir. Plusieurs fois, elle fut prête à
envoyer un télégramme : « Reviens, ou je succombe!..... » et
puis, d'un effort héroïque, elle se ressaisissait, se calmait pour
retomber bientôt, hélas! dans les affres de l'angoisse la plus
justifiée. D'une part, elle tremblait pour son père ; de l'autre,
pour celui qui partait seul, banni par une politique aveugle,
aux confins du désert. Et ce qu'on lui disait de tel et tel,
plus rudement frappés puisqu'ils s'en allaient en un pays meur-
trier, n'agissait que faiblement sur son esprit et pas du tout sur
son cœur. Aussi, les premiers indices d'une amélioration dans
l'état du malade lui furent doublement chers, d'abord parce
qu'ils lui enlevaient le regret intense, qui parfois ressemblait
à un remords, d'être la cause indirecte de cette crise, mais
ensuite parce qu'ils lui permettaient de songer au moment où
elle serait libre de rejoindre l'exilé. Sa mère, haletante d'espoir, devenait plus affirmative :

— Que le ciel me le conserve, et je te laisse partir.....
Des semaines s'écoulèrent de la sorte, des semaines où lon-

tement le danger s'éloigna et où les forces revinrent peu à peu à M. de Laval. Maintenant lucide, s'il fermait les yeux, c'était moins pour prendre du repos que pour se recueillir, comme l'on se recueille en sortant des ombres funèbres pour remonter au jour. Des souvenirs lui restaient, dont il frissonnait en les évoquant l'un après l'autre, mais qui lui laissaient dans l'âme de la mansuétude et de la résignation. Entre sa femme et lui, les liens d'affection s'étaient comme resserrés pour devenir plus forts, pour se suffire davantage et se dégager en quelque sorte d'autres liens par trop exclusifs. Souvent, au lieu de dire « ma fille » en parlant de Marguerite, il disait : « Madame d'Arfeuil », et cela avec une intention évidente en regardant Mme de Laval. Elle comprenait, lui prenait la main et la gardait dans les siennes, silencieux, émus tous les deux. Lorsque la convalescence fut un fait établi, ils eurent de longs entretiens, très intimes. Marguerite ne semblait pas s'en apercevoir. Depuis quelque temps, elle était perplexe, anxieuse en dépit des bonnes nouvelles qui lui arrivaient de Sidi-bel-Abbès. Elle les lisait à haute voix, sans ajouter de commentaires. Ces villages arabes cachés dans les cactus, abrités par les figuiers de Barbarie, les orangers en fleurs ; les champs d'orge et de blé qui entourent la maison de l'Aga, très vaste, sans fenêtres, comme endormie pendant les heures du jour sous les lentisques et les palmiers ; puis ces nuits d'Afrique où les aboiements des chacals et des hyènes, les clameurs des cigognes, le lointain mugissement qui cause aux chevaux un frisson de peur : toutes ces visions détaillées, décrites par Pierre, la plongeaient dans un marasme dont elle ne sortait que par un énergique effort. Parfois même les larmes roulaient sous ses paupières, et elle quittait la chambre pour les dissimuler. Alors, plus clairvoyants qu'elle ne les croyait être, ils se disaient l'un à l'autre :

— Il faut maintenant la laisser partir..... Elle se doit à lui..... C'est dur à ces pauvres enfants d'être séparés!.....

Ils convinrent, puisqu'elle ne parlait pas, d'en prendre l'initiative, et, un peu mélancoliques, ils se réjouirent néanmoins du bonheur qu'ils allaient lui donner. Ce fut un soir — le premier soir où M. de Laval prit place, comme jadis, à la table de famille, — qu'après avoir porté la santé de l'absent, il ajouta, presque solennel :

— A votre prochaine réunion, mon enfant!.....

Marguerite tressaillit. Un flot de sang lui monta au visage, puis une mortelle pâleur se répandit sur ses traits.

N'osait-elle pas croire, pour l'avoir trop désirée, à cette joie qu'on lui montrait toute proche, ou craignait-elle encore que la santé de son père ne lui donnât pas le droit de la hâter en décidant déjà de son départ?.....

— Ne t'inquiète pas, ma fille, dit tendrement M. de Laval. C'est une rude conseillère que la maladie!..... Elle et moi avons eu, en secret, de longues conférences, alors qu'un sceau fermait mes lèvres. Elle m'a dit maintes choses que je réfutais autrefois, mais que j'ai admises, car si elles sont cruelles, elles sont aussi raisonnables..... lorsqu'on a vos idées. Et je désire même assurer ton mari de mon admiration pour son caractère, de mon estime, des sentiments paternels que j'aurai pour lui, toujours. Va me chercher la plume..... Quelques lignes, sans phrases, précéderont celles que tu lui enverras.....

Les larmes avaient jailli des yeux de la jeune femme, trop abondantes, trop convulsives pour être seulement des larmes d'émotion ; et cependant sous ces larmes mêmes perçait une sorte de triomphe, de bonheur inespéré.

XV

Mme Verneuil fut introduite par Irénée dans le petit salon où son amie la recevait tous les jours.

Elle s'aperçut que Marguerite avait pleuré.

— Ton cher malade?..... interrogea-t-elle anxieusement.

— Il va de mieux en mieux.

— Mme de Laval?.....

— Ma mère se porte très bien.

— Tu n'as pas de nouvelles du lieutenant?.....

— J'en ai reçu hier.....

— De bonnes?....

— De très bonnes.....

— Et tes parents?

— Sont admirables!..... Hier, ils se résignaient à me voir partir.....

— Alors..... qu'y a-t-il? s'écria Mme Verneuil ; tu me caches quelque chose...., Tu pleures..... et cependant tu souris?.....

— Tu ne devines pas?.....

Nicole la regarda bien en face et l'entoura tendrement de ses deux bras :

— Ma bien-aimée!..... Après de longues années d'attente, Dieu te donne l'immense joie que tu lui demandais?..... Plus de tristesses, de crève-cœur en voyant les enfants des autres, puisque tu auras un enfant, un petit enfant à toi?.....

— Oui.....c'est un bonheur très grand....., inespéré..... dont mon père et ma mère sont heureux au delà de ce que je puis dire..... Mais ce bonheur me force à rester ici.....

Les larmes coulaient, à la fois douces et amères ; elle continua :

— Pierre lui-même s'oppose à ce que je tente un voyage trop fatigant....., et cela pour aller en un pays lointain..... vers une habitation primitive..... un climat brûlant..... un isolement probable, dont la pensée nous effraye tous les deux..... Aussi à notre joie se mêle un regret indicible que tu comprends, mon amie.....

Les yeux mouillés de Nicole disaient qu'ils comprenaient et qu'ils compatissaient à cette nouvelle épreuve ; mais l'affronteraient-ils tous les deux jusqu'au bout?

Maintenant que le lieutenant allait être père, qu'un intérêt puissant se plaçait dans sa vie, devait-il persister à.....

Mme d'Arfeuil ne la laissa pas continuer :

— Si l'enfant attendu est un fils, faut-il qu'il puisse se dire un jour que sa naissance a triomphé de toutes les résistances, de tous les scrupules, de toutes les énergies et relégué l'épée de son père dans l'une des panoplies où il la trouvera un jour?.....

Nicole branlait la tête :

— Vous exagérez le devoir !.....

— A l'époque troublée où nous sommes, les aspirations les plus légitimes peuvent être taxées de défections.....

— Que vous importerait, après tout ?..... Et le monde a-t-il les yeux fixés sur le lieutenant d'Arféuil ?.....

— Nous n'avons pas l'orgueil de le prétendre ; mais est-ce en vue du monde que nous avons déjà sacrifié notre repos, notre quiétude, notre vie de famille à ce que tu nommes l'exagération du devoir ?.....

— Que veux-tu, ma chérie !..... Je n'ai pas votre héroïsme, et je suis, moi, une pauvre petite bonne femme qui se laisse volontiers gouverner par le cœur.....

— Tu le peux, toi !..... Plus tard, quand ta Lucie.....

— Arrête !..... Lucie n'est pas mariée à un militaire..... Ce qu'il advient de vous et ce que l'avenir vous prépare ne contribue pas à me fléchir.....

— L'avenir !..... Pourquoi préjuger de l'avenir ?.....

— Tenons-nous-en au présent. Il est bien consolant, bien aimable !..... L'officier n'a qu'un droit reconnu : celui de se taire. Et mieux vaut pour lui encore être envoyé dans les colonies, où du moins il fait œuvre utile, que d'être requis pour expulser les religieux de leur couvent !.....

— En arrivera-t-on là ?..... Je ne puis le croire !..... Espérons qu'on ne l'osera pas !.....

— Pourquoi n'oserait-on pas ?..... dit pensivement Nicole, puisqu'on ose tout, maintenant ?.....

— Oui, on ose beaucoup de choses, mais *cela*.....

— Ce serait un comble, en effet..... une déchéance pour l'armée !.....

— Ne parle pas de déchoir, mon amie : ce mot m'est odieux ! J'ai placé dans mon cœur, côte à côte avec l'amour de la France, l'amour de l'armée, et je leur ai sacrifié bien des bonheurs.....

— C'est pourquoi Dieu te récompense, tout en vous imposant un sacrifice de plus..... Maintenant que M. de Laval va être transportable, où vous installerez-vous ?.....

— A Bon-Accueil!..... Je veux que mon enfant naisse au village, qu'il soit robuste de corps comme un paysan et que, comme lui, il tienne au sol qu'il défendra un jour.....

— Comment?..... Déjà?..... Mais, dans vingt ans, ma pauvre chérie.....

— Dans vingt ans, l'armée sera debout, plus grande encore parce qu'elle aura souffert, et plus forte parce que la souffrance retrempe les âmes et les énergies!.....

Pour dire cela, elle s'était dressée, pâlie par l'émotion, mais le regard brillant de confiance en l'avenir. Nicole la regardait, silencieuse, avec une admiration involontaire, une sorte de respect qui lui mettait des larmes dans les yeux.

— C'est beau, la foi, pensait-elle ; c'est noble, c'est réconfortant par le temps qui court.....

Et, en dépit d'elle-même, elle se sentait moins craintive, moins résolue peut-être à prouver à Lucie qu'il n'y a que déboires dans la vie d'une femme d'officier.....

Le secret de Marguerite fut bientôt connu. Il apitoya les uns et attendrit les autres ; les sympathies s'affirmèrent plus que jamais et sous forme de gracieux présents. Les brassières affluaient, les chaussons minuscules, les capuchons, les chapeaux qui ne coiffaient pas le poing tout entier ; et les yeux de Marguerite se mouillaient de larmes en pressant les mains agiles qui, si bien, travaillaient pour le cher bébé.

— Vous viendrez le voir..... Nous ne serons pas bien loin d'ici.....

On promettait : promesses sincères et qui atténuaient les regrets du départ. Marguerite écrivait à son mari :

Que de bons cœurs je laisse derrière moi, combien d'âmes que m'ont fait apprécier l'inquiétude et la douleur!..... Tous se pressent autour de nous comme au jour néfaste où mon père est tombé, frappé à mort. Lui-même est touché de tant d'empressement.

— Une nombreuse famille que tu as là! me dit-il.

Et c'est bien vrai que nous formons une famille unie par des liens indestructibles, aussi puissants que sont les liens du sang.

— Maintenant, nous sommes sur le chemin de Bon-Accueil.....

Tu nous vois, ami, dans la grande berline où père est étendu sur les coussins?..... Il est silencieux. Je devine ce qu'il pense, car son regard se porte fréquemment vers le ciel. Eussions-nous cru à ce retour vers la maison chère, lorsqu'il semblait si près de nous quitter pour toujours? Eussions-nous pensé surtout à la joie inespérée qui met un baume sur nos douleurs?..... Ce ne sera pas ta femme seule, mon Pierre, qui s'en ira là-bas pour y partager ton exil ; entre nous deux se tiendra un tout petit aux yeux d'ange et que nous élèverons, et qui grandira, non dans la haine, mais dans l'amour.....

Notre arrivée ici a été touchante. Le village entier nous a souhaité la bienvenue, heureux que le malade fût en convalescence, attristé du départ du « lieutenant ». Mais d'abord, en cours de route, nous avons eu un incident que je veux te conter : nous traversions Dommartin ; le landau était ouvert pour que père pût respirer à l'aise et admirer les champs tout dorés par le soleil d'avril. Quatre heures sonnaient ; les travailleurs étaient revenus pour le goûter et mangeaient, assis sur les bancs, devant les portes. J'entendis murmurer : « C'est Mme d'Arfeuil! » En même temps, un vieux, son bonnet de laine à la main, s'avançait vers nous. Irénée arrêta les chevaux.

— Que nous voulez-vous, mon brave? demanda papa.

— Monsieur..... excusez ma liberté!..., mais j'ai eu mon petit-fils au régiment et il allait au cercle..... Au cercle des soldats!.....

— Le mien aussi! cria une bonne femme s'enhardissant.

— C'est pour vous dire, Madame — il se tourna vers moi, — qu'on est bien reconnaissant de ce qu'on a fait pour nos gars.....

J'étais trop émue pour répondre et je leur tendis la main à tous les deux. Quand nous nous remîmes en route, maman m'embrassa :

— Ça fait du bien..... plus que tous les discours!.....

Donc, à Bon-Accueil étaient massés nombre d'habitants. Qui les avait prévenus? Je ne sais ; mais peu, très peu manquaient à l'appel. Là, mon émotion fut plus grande encore ; je pensais tant à toi, mon ami, et je regrettais si profondément ton absence, à ce moment où nous avions la joie de ramener mon père, en pleine convalescence, dans la chère maison!..... Un voisin de campagne a eu la bonne idée de prendre une photographie de ce retour ; je te l'envoie ; mais, si tu contemples ces bras levés, ces chapeaux qui s'agitent, tu n'entends pas la clameur sortant de toutes ces bouches à la fois : « Vive le lieutenant d'Arfeuil!..., » Les larmes nous en viennent aux yeux ; mon père salue, j'essaye de sourire et je réponds : « Vive l'armée!..... » L'écho de Bon-Accueil en vibre, car tous avec moi répètent : « Vive l'armée!..... Vive l'armée!..... »

Irénée crie plus fort que tout le monde ; il est très entouré par les garçons, et les invitations lui pleuvent ; s'il trinque avec tous ceux qui l'y convient, gare au service! Mais il est prudent, Irénée ; il a une façon délicieuse de me dire, en se rengorgeant : « Que Madame n'aie pas peur!..... » ; il ajoute, néanmoins : « J'irai tout de même le dimanche leur-s-y dire ce que c'est que les officiers et ce qu'ils font pour leurs hommes quand ils ressemblent à mon lieutenant..... »

L'une des premières visites que j'aie reçues est celle de Mme des Aulnois. Elle m'embrasse, pleure, et s'indigne.

— Vos épreuves sont très dures..... De tout cœur, je désire qu'elles prennent fin..... Ne sera-ce pas impossible de vous en aller là-bas avec un bébé?.....

— Impossible!..... d'autres l'ont fait et le font encore. J'ai l'intention ferme de partir dès que je le pourrai.....

— Avec *lui*?.....

— Ou avec *elle*, dis-je en souriant à la bonne Mme des Aulnois. Elle se reprit à pleurer :

— Vous êtes unique, chère enfant!.....

— Non, Madame!..... Vous ne connaissez pas les autres..... moi, je les ai vues de près..... je les admire et je les aime, ces épouses et ces mères qui luttent obscurément avec d'humbles ressources, sans se plaindre, sans se lasser jamais.....

— Oui, je sais que vous formez toutes comme une nombreuse famille, la grande famille militaire où les peines et les joies sont partagées..... Mais enfin la différence de situation, de fortune, j'allais dire aussi d'éducation.....

— La hiérarchie prime les premières ; quant à celle-ci, bien rarement elle n'est pas compensée par de grandes qualités de cœur.....

— Vous étiez jadis..... — comment dirai-je? — un peu..... un peu « collet monté ».

J'ai ri.

— Vous voyez, Madame, j'avais besoin de frotter mes angles aux aspérités de la vie!..... Quant au vernis mondain, il cache parfois bien des laideurs. Mais à X... j'ai vécu dans une atmosphère de sympathie qui m'a profondément touchée.....

— On est toujours aimée quand on aime soi-même, a conclu la bonne Mme des Aulnois.

Après l'heure de la sieste, le lieutenant écrivait son journal afin que sa femme le lût plus tard, après leur réunion. Pour le moment, il lui envoyait des pages toujours calmes, toujours sereines, sinon toujours gaies ; mais il ne confiait ses soucis qu'à son muet confident :

..... *25 avril*. — La chaleur est atroce. Cet après-midi de dimanche, dans ma chambre sombre comme une cave, j'aspire vainement à un peu de fraîcheur..... Je voudrais travailler, mais, je ne le peux pas..... et je pense, je pense à toi, chère femme, à vous tous..... à *lui* dont je n'entendrai pas le premier vagissement..... Notre grand bonheur ne peut être complet ; je me résigne. De tous les sacrifices, celui-ci est encore le plus cruel..... Vingt fois, je l'avoue, j'ai saisi la plume pour envoyer ma démission au ministre et vingt fois j'ai reculé comme devant une lâcheté. Je suis à mon poste, j'y reste ; je combats un ennemi terrible : le mal du pays.....

1ᵉʳ mai. — On cherche à me distraire. Mon capitaine, envoyé ici par la même loi d'arbitraire qui m'a frappé, avait, lui, exprimé hautement son opinion. Mon cas l'a fait bondir. Il m'apporte des journaux, nous les lisons ensemble ; nous voyons se multiplier les exécutions, et les bras nous en tombent. On veut faire de nous des machines que les hommes au pouvoir feront manœuvrer à leur gré. Ceux qui hésitent, qui protestent, qui refusent, sont frappés impitoyablement.

..... Mais voici bien autre chose encore!..... Tout pâle, le capitaine me désigne un article qui le fait trembler de fureur :

— Lisez, mon cher.....

J'ai lu. On ferme les couvents ; on en chasse les religieux, vieillards et malades, et pour contenir une foule indignée, on requiert les soldats!.....

— Eh bien, mon capitaine, nous sommes mieux ici, n'est-il pas vrai?.....

— Oui, mille fois mieux..... C'est à demander d'y rester toujours.....

— Si tu étais près de moi, chère amie, je me réjouirais donc d'être loin, bien loin du champ néfaste de la politique..... Viens vite me rejoindre, nous serons heureux!

5 mai. — Ce matin, une lettre de France, mais d'une écriture inconnue. Je l'ouvre. C'est la lettre d'une mère, une pauvre mère qui me conte bien franchement sa douleur ; elle me flatte : « Je sais que vous êtes très bon..... que vous vous intéressez à vos hommes..... remplacez-moi, de grâce, auprès de mon fils..... »

Remplacer une mère?..... Je continue :

« Hélas!..... il n'est pas sans reproche. C'est un fils prodigue pour qui je prie et je pleure déjà depuis deux ans. Il est sans volonté devant le mal qui le tente et de fer pour résister à mes supplications..... Son père est mort : eût-il obtenu davantage?..... J'ai tout essayé, tout tenté ; il ne me reste que le régiment.....

Le régiment! Certains m'affirment qu'il sera à triste école ; d'autres m'assurent que c'est un moyen sûr de le mater. Et cependant, il se cabre devant la rigueur, se butte au moindre obstacle placé sur son chemin..... La discipline me rassure et en même temps m'épouvante. Pliera-t-il devant elle, ou voudra-t-elle le briser!..... Je vous supplie de lui tendre une main secourable, d'employer votre influence, votre autorité à lui faire comprendre le devoir..... Si je m'adresse à vous de préférence, c'est que vous ne pouvez être un inconnu pour ceux qui lisent, qui savent et qui pensent, etc. »

J'ai transcrit. Cette lettre est touchante. J'avise le sergent :

— Vous avez dans votre compagnie une nouvelle recrue, le nommé Jean Y...?

Le sergent, un rengagé, fait la grimace :

— Vous le connaissez, mon lieutenant?.....

— Pas lui, mais sa mère..... Lui, comment est-il?.....

— Comme beaucoup d'autres, mauvaise tête ; ça rage d'obéir. Quand l'occasion s'y prête, ça marche tout droit au peloton d'exécution..... et il fait mine d'épauler.....

Le sergent passe ; ses paroles restent dans mon esprit..... Ai-je donc attendu la lettre d'une mère et la prédiction d'un sous-officier pour reconnaître que je suis entouré de « mauvaises têtes », pour la plupart?..... Un garçon fait des bêtises, il est réfractaire aux conseils, insensible aux larmes ; on met tout en œuvre pour l'envoyer en Algérie. Là, il est loin, si loin que s'il arrive quelque chose on ne *saura* pas. Mais la famille *sait*, elle, et, quelque lassée qu'elle soit par le fils ou le frère, ses fautes successives lui retombent lourdement sur le cœur.....

Je me rappelle avoir vu, à Paris, ramener un cercueil venant d'ici. Le jeune soldat, disait-on, était mort des fièvres. Quelqu'un qui l'avait connu hocha la tête et fit le geste du sergent.....

..... Ce matin, je me suis fait présenter Jean Y... J'ai causé avec lui. Il est Lorrain et nous avons parlé de la Lorraine. Ses yeux ont brillé, puis se sont obscurcis en rappelant certains souvenirs. Son physique est rude, avec une certaine mollesse du menton qui implique le manque d'énergie. Sa mère a raison de dire qu'il est sans résistance contre les tentations et de fer pour marcher à son but.....

Le sergent m'attendait, un peu narquois, après la conférence.

— Rien à faire, n'est-ce pas, mon lieutenant?.....

— Pourquoi pas?..... Il y a toujours « à faire », ou tout au moins on doit toujours l'essayer.....

— Alors, mon lieutenant aura de l'ouvrage..... Il n'y a pas que celui-là, par malheur!..... Ainsi, tenez, ce grand diable là-bas dans la cour, c'est le boute-en-train de tous les complots..... Je ne risquerais pas mon prêt de la semaine contre sa peau.....

Je m'approchai. L'homme vit que je le regardais. Il se mit au port d'armes ironiquement. J'avançai jusqu'à lui :

— Je cherche une ordonnance..... Je crois que vous feriez l'affaire, mon ami?.....

Il fut si interloqué qu'il resta bouche béante, et je voyais de loin le sergent qui riait à gorge déployée.

Je renouvelai ma demande :

— Ça ne vous irait pas d'être mon brosseur?.....

— Ça m'irait tout de même..... balbutia-t-il enfin.

— Alors, c'est entendu!.....

Quand il eut fait demi-tour, le sergent se rapprocha, perplexe cette fois et sérieux :

— Vous mettrez sous clé votre argenterie, mon lieutenant?.....

— Je n'en ai pas.....

— Alors, votre montre, vos bibelots?.....

— Non..... rien ; il y a des cas où il faut donner sa bourse au voleur..... Mais je parie que celui-ci ne volera pas.....

— Ce n'est pas sûr, mon lieutenant...... Il y a deux ou trois petites choses sur son livret militaire...... hum!..... enfin, vous l'aurez voulu?.....

— Parfaitement!.....

Je l'ai voulu, et je ne suis pas sans inquiétude, je me l'avoue tout bas.

Je vois M. de Laval hausser les épaules, je l'entends m'appeler Don Quichotte et me dire que les beaux gestes ne sont plus compris. Mais je n'ai pas l'intention de faire un beau geste ni d'être l'émule du noble hidalgo, je suis un lieutenant en disgrâce..... Un lieutenant qui cherche à faire quelque peu de bien, n'importe où, en dépit de n'importe qui..... La lettre d'une mère m'a été un *sursum corda* à l'heure où je me sentais faiblir..... et les mères, à présent, me sont plus sacrées que jamais.....

César — mon diable se nomme César — est entré en fonctions. Il brosse mes habits avec une poigne remarquable et en chantonnant des airs de caserne sur lesquels je ne veux pas m'appesantir. Je suis strict pour le service, mais je lui témoigne de la confiance...... Personne ne doit pénétrer dans mon bureau, excepté lui.

Je l'ai prévenu que, s'il se grise, je ne le garderai pas chez moi ; mais je lui verse de ma main quelques rasades qui lui font plaisir. Il introduit les visiteurs. Jean Y... vient me voir presque tous les jours. Nous continuons à parler de la Lorraine. J'arrive tout doucement à plus d'intimité. Il me raconte des scènes de son enfance où le nom de sa mère est mêlé avec une certaine mélancolie, me semble-t-il..... Parfois il s'anime et, sans rien avouer cependant du passé, rêve d'un avenir réparateur où il s'illustrera en illustrant aussi sa famille par quelque haut fait dont le monde s'émerveillera.....

Arriverai-je à lui prouver qu'un coup d'éclat ne s'accomplit pas avec tant de facilité et qu'il lui faut d'abord être fidèle dans les choses du service et ne pas les négliger, sous prétexte que ce sont des détails?

Le sergent même est venu me les signaler. Mais est-il seulement venu pour cela?..... Voici qu'il se met soudain à me parler de X..., où il est né, du cercle fondé pour les soldats, de la singulière façon dont on a cru devoir reconnaître mes efforts.....

— Ah!..... Voyez-vous, mon lieutenant, il vous manquait quelque chose..... Sans cela, on ne fait plus rien, à présent.....

J'interroge. Je suis curieux de savoir ce qui me manquait. Le sergent se gratte l'oreille, se demande en *a parte* s'il a été trop loin ou s'il doit aller plus loin encore, et je le vois hésiter contre le désir de me servir et la crainte de me désobliger. Je coupe court à ses scrupules :

— Expliquez-vous donc, sergent?..... Mais si, mais si, ça m'intéresse..... Il est toujours bon de s'instruire, quand on en trouve l'occasion.....

Ceci a l'air de le flatter. Gravement, solennellement, il sort de l'une des poches de sa tunique une feuille qu'il me met sous les yeux : Je lis : *Bulletin hebdomadaire de la Franc-Maçonnerie*.....

— Oh! Oh!..... c'est cela?.....

— C'est cela, mon lieutenant!..... On me l'envoie d'Alger, cette feuille-là, toutes les semaines..... et il paraît que c'est une preuve de confiance, parce que d'ordinaire ça ne se fait pas.....

— Tout se fait, mon pauvre ami, quand on veut faire des prosélytes. Est-ce qu'ils ne cherchent pas à vous enrôler?.....

— Ma foi!..... Ça ne me coûterait rien..... au contraire..... et je ne suis pas fâché d'avoir des protections.. pour passer adjudant.

C'était trop naïf pour que je puisse même rire de cette naïveté. Rit-on, d'ailleurs, quand on se trouve nez à nez avec l'ennemi?

— Alors, sergent, vous allez faire partie de la *Rose Libérale* et devenir un frère ..?.....

— Quel inconvénient y aurait-il?..... D'ailleurs, je ne serai pas le seul..... Nous sommes trois à lire le *Bulletin*.....

Trois!..... Ils sont trois, des innocents, à regarder le mirage, pour y découvrir les châteaux de leur rêve, que seule la Franc-Maçonnerie se fait forte de leur donner.....

J'en parle au capitaine. Il hausse les épaules :

— Imbéciles!..... Quoi faire à cela?.....

— Réagissons..... Eclairons-les..... rapprochons-nous d'eux comme nous le faisons pour les soldats..... enfin, serrons les rangs de notre grande famille qu'on cherche à désunir.....

. . . .

Nous partons pour renforcer les postes de l'Extrême-Sud. Las des crimes commis par les bandits marocains, on va châtier leurs agissements. Ceux-ci sont multiples. Officiers assassinés, sentinelles surprises et égorgées sans merci, missions tenues en échec et forcées de rebrousser chemin, destructions de convois, vols, rapines, etc., forment une longue liste de forfaits qui demandent — depuis longtemps — d'énergiques répressions. Mon grand diable de César ne se sent pas de joie, d'abord de changer de place, puis de penser qu'on va faire le coup de feu contre les brigands.....

C'est ma première campagne!..... Je la tiendrai secrète, s'il se peut. Puis-je donner à ma chère femme l'angoisse de l'inquiétude qui la saisirait en me sachant aux prises avec les Marocains?..... Au retour, je lui écrirai longuement ; d'ici là, j'ai préparé quelques lettres qui lui seront expédiées de Sidi-bel-Abbès..... Les siennes me parviendront, je l'espère, où je serai.....

XVI

L'émotion était grande dans toute la région. Les Pères avaient reçu l'ordre de quitter leur couvent et de s'en aller loin de la France, comme s'ils n'étaient pas des Français.

Depuis un siècle et plus, ils habitaient là, silencieux, solitaires, invisibles au monde, mais non aux malheureux. Car toutes les misères, toutes les infortunes frappaient à la porte du cloître, les unes demandant le pain du corps, les autres le pain de l'âme après s'être réconciliés avec le ciel. Aussi combien de cœurs ulcérés, d'âmes souillées par toutes les fanges se relevaient à la voix qui pardonne et se calmaient en renaissant à l'espoir.....

La chapelle, lumineuse, embaumée, reposante, les recevait aux jours de fête ; l'harmonie des chants liturgiques, la beauté des pompes sacrées, l'angélique ferveur de ces moines que la prière semblait arracher à la terre continuaient et parachevaient l'œuvre de rédemption......

C'était un crime! On avait trop de reconnaissance pour ces bienfaiteurs, trop d'affection pour ces amis fidèles, trop de respect pour ces êtres surhumains, et il ne s'offrait qu'un remède à cet état de choses : les bannir!.....

Ceci se ferait au détriment de la loi, de la justice, de l'équité ; mais qu'importaient l'équité, la justice et la loi à ceux que possède l'esprit du mal ?..... En un siècle de progrès, de malversations et de scandales, il est dangereux de tolérer les hommes impeccables qui rappellent à tous qu'ils ont là-haut un juge et un Dieu......

« Les Pères vont partir!..... » On n'y crut pas d'abord ; mais d'autres, frappés comme eux, s'étaient vus forcés déjà de prendre le chemin de l'exil. Les sommations pleuvaient, grotesques, arbitraires. Elles se heurtaient à un mur d'airain ; car il y a des heures où la résistance est le premier des devoirs, où il faut défendre la liberté qu'on outrage, le droit qu'on étrangle sans pudeur. Et les Pères continuaient à prier, à travailler, à faire le bien......

C'était un scandale aux yeux du pouvoir ; il devait finir. Les populations, émues, restaient sur le qui-vive, prêtes à défendre les opprimés......

Quelques reconnaissances, poussées jusqu'aux avant-postes, avaient reculé devant l'attitude de la population......

« Qu'on fasse marcher la troupe!..... »

L'histoire nommera-t-elle jamais la voix qui, la première, osa donner cet ordre odieux?..... Employer des soldats à pareille besogne, sommer leurs chefs de les conduire à l'assaut des couvents!.....

Les officiers accoururent chez le colonel. Ils tremblaient d'indignation, parlaient tous à la fois, protestaient qu'ils n'obéiraient pas et ne consentiraient jamais à se laisser avilir..... Lui, avec une pâleur d'angoisse sur son mâle visage, les écoute, silencieux ; son cœur déborde d'amertume et il hésite à se prononcer sur de tels événements..... Car tous ces hommes sont des gens d'honneur!..... Les plus vieux reviennent des colonies où ils ont conquis leurs grades et témoigné de leur bravoure en face d'ennemis dangereux.....

Les jeunes ont un rêve de gloire dans le secret de leur âme ; ce rêve les force au travail, les aide à vaincre les fatigues du métier, la monotonie des petites garnisons, les tentations multiples semées sous leurs pas..... Et ce sont ces hommes d'action, bronzés par le soleil d'Asie ou d'Afrique, ces hommes épris d'idéal, qui portent en eux de grands espoirs, qu'on veut opposer à des vieillards, à des femmes, à des infirmes, à des mourants?.....

Le colonel passe sa main sur son front comme pour chasser l'affreux cauchemar..... C'est la fin de tout : la fin des traditions chevaleresques, des hautes envolées, du prestige de l'épaulette, l'oubli, la négation d'une épopée de grandeur!..... Eux aussi le comprennent..... L'un arrache le ruban rouge attaché sur sa poitrine, l'autre jette ses épaulettes, un autre encore brise son épée sur son genou ; celui-ci parle de démission, celui-là de résistance passive :

— Ne marchons pas! Qu'on nous condamne, qu'on nous révoque, mais qu'on ne nous traîne pas sur de tels champs de bataille, tandis qu'on sonne la retraite sur celui de Fachoda!.....

Et des larmes d'humiliation, de douleur et de rage perlent dans les yeux qui n'ont jamais pleuré.

— Mon colonel..... C'est à vous de nous défendre..... de sauver de l'outrage le drapeau du régiment!.....

— Mes amis!..... Mes chers amis!..... Dieu m'est témoin que je donnerais ma vie pour que cette honte nous fût épargnée!..... Mais je n'ai pas le choix du sacrifice, et le fait, implacable, exige une solution..... Combien de fois déjà, dans le cours de notre carrière, il nous a fallu en appeler à notre courage pour faire face aux événements?..... Voyez le lieutenant d'Arfeuil! Il n'a voulu que le bien du soldat..... Il s'est employé avec un dévouement, un zèle qui nous ont édifiés tous..... En récompense, il a pris le chemin de l'exil!..... Comptez — si vous le pouvez — toutes les victimes de l'arbitraire ; elles se nomment légion..... Il suffit d'un mot pour nous figer dans notre grade et nous rayer à jamais du tableau d'avancement.....

— Nous le savons..... nous le savons..... mais ce n'est pas encore la même chose!..... Nous restons soldats, nous devenons argousins!..... Déchirons la livrée, mon colonel..... Il y a des valets, mais plus d'officiers!.....

— Par qui nous remplacera-t-on?..... Au-dessus du pouvoir, il y a la France..... Notre pays n'est-il pas assez malheureux?..... Une démission en masse, ce sera le champ ouvert à toutes les intrigues, aux pires ambitions..... Croyez-moi, si nous restons, on nous plaindra, on ne nous condamnera pas..... on comprendra que nous marchons pour éviter de plus grands malheurs.....

— Vous nous demandez, mon colonel, d'être à la fois des lâches et des héros!...., Il y a lâcheté à jeter à la rue des Français dont on force le domicile au mépris du droit commun, et de l'héroïsme à se plier à l'obéissance passive en vertu d'un mobile que la majorité ne comprendra pas.....

— Qu'importe, mes amis? Nous n'agissons pas en vue de la foule et nos vues sont plus haut placées. Chacun de nous, dans le secret de sa conscience, pourra évoquer aux heures de trouble la pureté de ses intentions. L'histoire n'enregistrera pas ce drame tout intime, mais qui portera des fruits cachés.....

Il y eut un temps de silence où l'on eût pu entendre le battement des cœurs. Pour les calmer peut-être, ou parce qu'il espérait encore que l'épreuve leur serait épargnée, le colonel commenta des faits d'où l'apaisement devait sortir. Et, ils se quittèrent, sinon rassérénés, du moins apaisés par les nobles paroles de leur chef.

. . . .

Sur divers points de la France, les exécutions avaient eu lieu. Tour à tour chassés comme des malfaiteurs, traqués même sous l'habit civil, les religieux des divers Ordres étaient partis, délaissant les œuvres fondées par leurs maisons.

Les Pères de X... semblaient être oubliés. Les optimistes voyaient en cela le prélude de l'autorisation définitive, tant souhaitée par une population comblée de bienfaits. Soudain, comme un coup de foudre, on apprit que c'en était fait, qu'ils allaient se voir expulsés. L'émotion extrême ne se manifesta d'abord que par des visites et des protestations, que la volonté même des Pères exigeait discrètes et pacifiques. A voir le couvent, on eût pu le croire endormi dans la sécurité.....

Or, un matin, dès l'aube, un landau attelé de chevaux poussifs apparut comme un point noir à l'horizon. Trois hommes y avaient pris place : deux commissaires, un serrurier. Ils parlaient à mi-voix, comme pour ne pas éveiller l'aube, qui hésitait, toute rose, à précéder le jour.....

— Tout de même, c'est embêtant, un crochetage!..... Mon métier, dites-vous?..... Pas sûr! J'entends encore mon défunt père : « Faut être honnête, quand on a le secret pour ouvrir la porte des gens..... »

— Votre père n'avait pas prévu le cas. La loi est la loi. Vous êtes requis pour lui prêter main forte..... Voulez-vous un cigare?..... Non?..... Vous avez tort ; ils sont exquis!.....

Et le premier commissaire, jovial, gras et court, regarda d'un œil béat les spirales de fumée bleuâtre que ses lèvres envoyaient vers les cieux.....

— La loi!..... Quéque chose de drôle!..... Ma femme la déteste, la loi!..... Si elle savait que je suis ici.....

— Vous êtes un homme, cependant?.....

— Je me flatte de porter les culottes, Monsieur..... Mais, sur les affaires de religion, la bourgeoise est intraitable et n'entend pas la raillerie.....

— La religion?..... Ah! Ah! mon bon ami, vous parlez comme un curé et vous avez dû avaler pas mal de sermons..... Mais qu'est-ce que vous voulez donc que la religion ait à faire dans une entreprise comme celle-ci? Soyez intelligent, que diable! Ne vous en laissez pas conter par votre femme pour

éviter le bruit dans le ménage!..... Moins ignorante, elle se tai-
rait. Belle affaire, vraiment, de chasser des paresseux!

— Des paresseux, Monsieur!

— Parfaitement! Les cloîtres sont des refuges où s'abrite la
paresse. Ces gens-là, voyez-vous, vivent de la sueur du peuple
et ne font pas œuvre de leurs dix doigts. Nourris comme des
dieux, logés comme des princes, ils tirent tout à eux par tous
les moyens en leur pouvoir.

— Mais qu'est-ce qu'ils deviendront, si on les met dehors?...

— Qu'on les verse dans l'agriculture!..... Il y en a des
champs à labourer!..... Car si les paysans se découragent, s'ils
se ruinent, c'est qu'ils manquent de bras..... Remettons ceux
des moines dans la circulation!.....

Sur ce mot spirituel, l'orateur eut un rire interminable qui
le secoua tout entier ; ses joues poupines, rasées de frais, tremblaient comme de la gelée, et dans ses yeux brillaient de
douces larmes de satisfaction. Mais, comme il riait seul, il
s'étonna et interpella son confrère :

— Vous ne dites rien, vous?.....

— Je n'ai qu'une chose à dire : si je n'avais pas cinq enfants,
je ne serais pas ici !.....

— Oh! oh! Un commissaire dans la peau d'un rétrograde?...
Vous m'étonnez, mon cher, vous m'étonnez..... Car un homme
intelligent n'a qu'à réfléchir un dixième de seconde pour se
dire...,.

— .....Qu'on nous commande une besogne qui me fait rougir.....

— Ta, ta, ta, mon cher!..... Vous craignez les pommes cuites
et les trognons de choux?..... Pas de danger, aujourd'hui!.....
Les bons paysans ont mieux à faire qu'à manifester ; ils n'ont
pas l'entêtement des Bretons, nos Lorrains!..... Ils sont plus
sceptiques, plus raisonneurs. Pour avoir de beaux blés, de
belles céréales et des raisins dans leurs vignes, ce n'est pas de
l'eau bénite qu'il leur faut ni des oremus : la mode en est pas-
sée..... Et déjà, dans l'ancien temps, ils ne croyaient qu'à
demi aux patenôtres ; à preuve l'histoire de ce vilain qui,

tombé dans la rivière, se noyait en invoquant le grand saint Nicolas, tandis que son compagnon lui criait de la rive : « Ne t'y fîmes!..... Naige toujoul..... (Ne t'y fie pas ; nage toujours).

Il se reprit à rire de plus belle et se frotta les mains :

— Tout est là, mes amis, tout est là : c'est l'esprit de la race; « ne t'y fîmes!..... » Comme leurs ancêtres, ceux-ci comptent plus sur eux-mêmes qu'ils n'espèrent en les Rogations! Je l'ai dit au préfet..... Nous avons les mêmes vues pour le bonheur de la France..... Quand on aura balayé tous les Ordres religieux, hommes et femmes, on verra seulement clair à la situation.....

— Ou l'on n'y verra plus goutte : l'un des deux.....

— C'est étonnant ce que vous êtes pessimistes, vous autres qui avez des enfants!..... Lisez donc le *Catéchisme républicain*, dont le premier tome est paru. Du jour où vous vous mettrez dans la tête que l'enfant appartient à l'Etat, l'Etat seul qui a le droit, le devoir, d'en faire un citoyen, et cela comme bon lui semble, on pourra discuter avec vous. D'ici là..... Tiens?..... Qu'est-ce qu'on sonne?..... Le feu quelque part?.....

— Non..... C'est nous qu'on signale..... dit le second commissaire, ironique. Pour une agréable expédition, c'est une agréable expédition!.....

— Pas chouette! grommela le serrurier.

— La belle affaire! Ça me fait plaisir, à moi, qu'on nous carillonne comme quand M. l'évêque fait sa noble apparition!

— Et voici les populations qui accourent! Ça va vous faire plaisir aussi.....

De fait, la route se couvrait de monde ; bientôt elle ressembla à une vaste fourmilière ou à une ruche bourdonnante dont les abeilles se concertent pour fondre sur des agresseurs.

L'automédon se retourna vers les bourgeois :

— Ça chauffe, là-bas!..... J'ai pas envie de foncer là-dedans, rapport à mes chevaux.....

La réponse tardait à venir ; il tourna bride et fouetta ses haridelles qui prirent le trot. Le premier commissaire s'emporta dès qu'il fut loin :

— Ah ça! vous êtes fou à lier! Est-ce vous qui commandez, ici? Je me fiche pas mal de vos bêtes, moi!..... Vous entendez ce que je vous dis, cocher?

— Qui est-ce qui me les payera, mes bêtes, si elles reçoivent un mauvais coup?

— L'Etat est assez riche, malotru!

— J'en suis rien!..... il a des dettes!..... et puis la patente qu'y me fait payer?..... J'en ai assez de débourser pour l'Etat! Prenez-y des chevaux à vous, et vous ferez les coups que vous voudrez.....

— On pourrait revenir en automobile? insinua le serrurier.

— Ou en ballon? proposa, d'un air de pince-sans-rire, le commissaire en second..

— Parbleu! on nous donnera de la troupe : c'est simple comme bonjour!.....

Le cocher tourna une seconde fois la tête, et, gouailleur :

— C'est de la chair à canon, le soldat! Et, puisqu'on ne le mène pas contre le Prussien, faut tout de même l'occuper.....

— Taisez-vous!..... Notre siècle ne veut plus de luttes fratricides.....

— C'est pour ça qu'on tombe sur le paysan!

Renfrogné dans son coin, haussant les épaules, le délégué du gouvernement ne cessa de grommeler tout le long du chemin contre les ignorants, les ergoteurs, les poltrons et les curés ; car ce sont les curés, évidemment, qui donnent le mot d'ordre, ameutent les campagnes et soufflent le feu de la discorde — eux, les ministres d'un Dieu de paix — dans tous les cœurs. Ah! les curés, s'il y a là-haut un juge comme ils l'enseignent, ils auront un terrible compte à rendre et pourront bien rôtir durant l'éternité.....

Il entra dans de belles considérations sur la tolérance, le droit des gens, l'entente universelle des âmes, des intelligences quand celles-ci seront suffisamment éclairées par l'instruction gratuite et obligatoire, et dégagées des griffes de la superstition..... (Toujours le *Catéchisme républicain*.) Enfin, il parla très agréablement de celle-ci, plaisanta des indulgences, cita des traits de fanatisme, prit à partie ses auditeurs, blâma leur froideur ; car le commissaire en second était tombé dans le marasme, et le serrurier ne répétait qu'un mot, conclusion de tous les discours :

— C'est embêtant !..... Sapristi, que c'est embêtant !

. . . .

La troupe fut requise de marcher le lendemain ; et, cruelle ironie des choses, l'officier qui avait le plus espéré que l'affaire se passerait sans le concours des soldats, le lieutenant de Veyle, fut désigné pour les commander.....

Il en reçut un choc. Fils et petit-fils de militaires, plié dès son enfance à la discipline, à l'obéissance stricte comme au premier des devoirs, encore sous l'impression des paroles du colonel, il se reprocha de faiblir. Alors, s'enfermant chez lui pour éviter le contact de sympathies troublantes, il tenta d'appliquer son esprit à un ouvrage de tactique qu'on louait en haut lieu. Durant de très longues heures, les mots, les lignes, les pages dansèrent devant ses yeux une folle sarabande dont il se fatigua, si las de corps et d'âme qu'il se jeta sur son lit pour dormir. Mais cent visions l'assaillirent, voilées, silencieuses, impénétrables en dépit de ses adjurations. « De grâce, parlez-moi, vous, mon père, dont la sagesse serait un guide sûr, un phare lumineux qui me conduirait au port !..... Voyez, je lutte et je souffre..... la nuit est sombre..... je tâtonne pour chercher le devoir et ne saisis qu'un fantôme trompeur ! »

Elles s'éclipsaient sans répondre, émues, peut-être saisies d'effroi devant une situation trop difficile à trancher. Leur temps n'avait point connu ces affres de mortelle angoisse où la conscience se révolte, où elle invoque un précédent qui puisse la guider. On leur disait : « Marchez !..... » à ces soldats vainqueurs du monde ; et ils marchaient, sachant trouver un ennemi devant eux.

L'ennemi, où est-il !..... Des moines en prière ?..... Dans un pays qui se flatte d'être libre, ceux-ci se voient refuser la liberté !.....

Alors, délaissant le passé, honteux du présent, de Veyle cherchait en celui-ci quelque réconfort. L'autre jour, n'avait-on pas cité l'exemple récent du lieutenant d'Arfeuil? Lui, du moins, était bien la personnification du sacrifice, du dévouement absolu, de la constance inébranlable que ne décourageaient ni l'exil ni l'espoir prochain d'une heureuse paternité. Eût-il reculé, lui qui aplanissait tous les obstacles, qui supportait tous les revers par amour pour l'armée?.....

Le jeune homme éprouvait le regret intense de ne pouvoir aller jusqu'à Bon-Accueil pour y chercher la certitude dont il avait besoin. Le cœur de la femme qui l'habitait s'était trop identifié à celui de son mari pour ne pas en pénétrer le secret, même au delà des mers. Un mot de sa bouche lui fût devenu le baume souverain, l'apaisement suprême qu'il appelait à grands cris, et qui ne venait pas!.....

Il pensa aussi, en cette nuit de torture, à la famille Verneuil : Quel serait son sentiment, sa façon d'envisager les choses, de les apprécier!..... Depuis quelque temps surtout, dès le départ de son amie intime, elle avait usé d'une réserve excessive, d'une froideur qui désespérait le pauvre amoureux. D'ailleurs, elle se tenait à distance, lui dérobait la vue de Lucie et disait à qui voulait l'entendre qu'elle plaignait de toute son âme les femmes d'officiers. Son grand argument était le sort fait à Marguerite, dont le bonheur semblait prêt à sombrer dans cette tourmente sans nom. Elle reconnaissait qu'il y a des grâces d'état, à condition toutefois de ne pas tenter la Providence. A l'époque du mariage de M. et de Mme d'Arfeuil, il était permis encore de garder certaines illusions! Mais à présent? Hélas! les plus optimistes se sentaient bien ébranlés.

L'impitoyable écho avait porté ces paroles aux oreilles de de Veyle ; elles bruissaient, ce soir-là, comme pour faire déborder le calice d'amertume et enlever au lieutenant toute parcelle d'espoir. Néanmoins, il s'y cramponnait, à cet espoir tenace, puisqu'il évoquait ce foyer de famille dont il n'avait jamais franchi le seuil..... Il voyait y pénétrer la feuille quotidienne où le notaire lirait son nom..... Sans commentaires peut-être, il la tendrait à sa femme :

— Vois donc, mon amie!..... C'est M. de Veyle qui est chargé de l'expédition!.....

— Oh!..... Et il marchera?.....

Que répondrait M. Verneuil ? Flétrirait-il l'obéissance, l'approuverait-il, lui qui en faisait une des bases principales de la société, qui l'exigeait sans réplique du côté de ses enfants, de ses clercs, du personnel de sa maison?..... Oui, l'homme intelligent, le père autoritaire, le chef inflexible comprendrait ce que cachait de tristesse, d'abnégation, de grandeur d'âme, le respect de la discipline chez un officier.....

Le lieutenant se cantonna dans cette pensée plus consolante que les autres ; elle lui valut de tomber en demi-somnolence pendant une heure ou deux. Un sursaut l'éveilla, comme le jour pointait dans sa chambre ; il fut debout en un clin d'œil et procéda à sa toilette comme au matin d'une bataille. Quelque chose qui allait mourir s'agitait en lui ; mais il se raidit, se gourmanda, bouscula son ordonnance qui l'énervait par sa lenteur, détourna son regard de la glace où il voyait sa propre image aux traits tirés, au teint d'une pâleur étrange, et but un cordial qui lui fouetta le sang. Il sortit de sa chambre avec mille précautions, craignant la rencontre de quelque locataire, une question indiscrète, même un silence qui lui eût paru désapprobatif ; puis, d'un pas d'automate, rasant les murs, il se dirigea vers la caserne où ses soldats attendaient, sous les armes, alignés dans l'immense cour. Rapidement, il passa la revue, sévère pour de petits détails qu'il fit rectifier séance tenante et avec une raideur inaccoutumée.....

— Ronchonnot, va!..... murmuraient les hommes.

Enfin, il donna l'ordre du départ.

La ville était déserte, toutes persiennes closes ; certaines, éveillées par ce bruit insolite, s'entr'ouvrirent, puis se refermèrent brusquement comme pour ne pas voir. La troupe, par ordre du lieutenant, fit un détour pour éviter de passer devant les panonceaux qui brillaient au faîte d'un portail de pierre, et gagna le faubourg où arrivaient, à la file, les voitures de laitiers. Elles se rangèrent. Une femme devina ;

— C'est-y malheureux, pour des soldats!.....

Une vieille hocha la tête :

— De la chance qu'on n'ait pas un gars là-dedans!.....

Quand on atteignit la campagne, il sembla à de Veyle qu'il respirait plus à l'aise, mais un *bleu*, tout jeune et imberbe, ayant entonné une chanson de marche, il lui lança un regard furibond :

— Taisez-vous!.....

On se tut et ce fut lugubre. Le ciel se couvrit subitement de nuages, la pluie se mit à tomber en larges gouttes qui transformèrent bientôt la poussière en une boue gluante, funeste aux guêtres et aux pantalons blancs. Ce voile de brume endeuillait la nature, s'étendait sur les collines, sur les bois, fermait l'horizon, cachait les villages blottis dans la verdure, dissimulait la pointe d'un fin clocher de dentelle, surmontée d'une croix de fer ajouré. Soudain, de ce clocher même partit une voix argentine, si pure qu'elle dissipa comme par magie nuages et brouillard ; le soleil eut un sourire qui dora les coteaux où s'échelonnent les vignes, les prés en fleurs, les vertes moissons. Il éclaira de même la foule massée sur le chemin, aux abords du monastère, et les soldats qui s'avançaient au pas de gymnastique sous la conduite d'un lieutenant. Une clameur s'éleva, spontanée, si vibrante que l'écho redit après elle : « Vive l'armée! »

Le cri pénétra l'âme de de Veyle. Un sanglot lui coupa la respiration, ses yeux se brouillèrent, il se retint de pleurer, et le calme factice dont il s'enveloppait depuis quelques heures tomba, rejeté comme un déguisement.

Ce « Vive l'armée! » balayait d'un grand coup d'ailes tous les raisonnements, les prétextes échafaudés depuis la veille, pour laisser debout la seule réalité, et celle-ci, dépouillée d'artifices, affreuse, caduque, grimaçante, donna au lieutenant un tel haut-le-cœur qu'il s'arrêta sur place, cloué au sol.....

Le sergent le regardait, étonné :

— Prenez le commandement!..... Je ne puis aller plus loin!.....

Et il tourna court, fuyant le champ de bataille où il ne pouvait laisser sa vie en échange de son honneur......

. . . .

Les journaux menèrent grand tapage autour de l'incident ; il fit couler des flots d'encre, souleva des polémiques, passionna l'opinion. Cet officier, qui refusait de remplir sa mission tout entière, passerait en Conseil de guerre, et tous préjugeaient, selon leur sentiment personnel, de l'arrêt qui viendrait le frapper...... Serait-il, selon le vœu des uns et le désir ardent des autres, de ceux qui regardent le soldat comme une machine dont les rouages sont mis en mouvement par la clé du pouvoir ?..... Mais un jugement, quelque sévère qu'il se fasse, n'enlève pas à l'acte accompli ses conséquences et sa valeur. Celui-ci resterait l'un de ceux qui honorent le courage militaire et qui lavent la souillure faite au drapeau du régiment......

XVII

On en parlait à Bon-Accueil. M. de Laval approuvait hautement de Veyle et souhaitait que son exemple fût suivi. Marguerite en avait écrit à Pierre, sans lui ménager les détails. Elle attendait de lui une appréciation qu'elle devinait d'avance, conforme à la sienne propre, à celle de ses parents, et cette attente lui causait une impatience non dissimulée.....

Depuis le départ de son mari, elle était restée comme un trait d'union entre lui et ses frères d'armes, l'instruisant de tout parce que tout l'intéressait, depuis les faits les plus insignifiants du service jusqu'aux choses les plus graves ; celle-ci devait le toucher particulièrement. Aussi, dès que la lettre attendue lui parvint, elle l'ouvrit en hâte et la parcourut du regard, se réservant de la relire à loisir.....

— Eh bien ?..... interrogea M. de Laval.

— Il ne m'en parle pas !.....

Elle était si déçue qu'on chercha aussitôt à atténuer cette déception. Bien que la date de ces lignes fût récente, M. de

Laval prouva néanmoins qu'elles étaient postérieures à celles de Marguerite, soit par suite d'un retard du bateau, soit par une erreur de calendrier ; la prochaine missive expliquerait comment cela s'était fait, et l'on se reprit à attendre celle-ci avec plus d'impatience encore que la première fois.

La semaine suivante, Irénée, au courant de la chose, apporta triomphalement le pli bien connu, et avant qu'il eût disparu du salon, un « rien! » d'étonnement, d'angoisse, s'échappait encore des lèvres soudain pâlies de Mme d'Arfeuil.....

Rien! Alors, le lieutenant ne recevait pas les lettres de sa femme, car il n'eût pas négligé de parler d'une actualité aussi importante que celle dont elle l'entretenait?...... Et cependant, il écrivait : « J'ai là, sous les yeux, les chers feuillets que le courrier m'a remis hier..... Ils me tiennent compagnie fidèle...... Je les sais par cœur...... »

— Mon père, qu'y a-t-il donc?..... balbutiait la jeune femme, démoralisée, car une inquiétude vague, indéfinie, s'emparait de son âme et cherchait, quoi qu'elle fît, à la dominer...... Elle la refoulait encore, énergique toujours, fidèle à la promesse qu'elle s'était faite de rester calme et forte en vue de sa prochaine maternité. — Je serai raisonnable pour lui..... Pour lui, je commanderai à mon imagination, à mes nerfs.....

Mais était-ce l'imagination qui, en cette circonstance, se mettait en campagne?..... Les nerfs contribuaient-ils à la désemparer?..... Une extrême tristesse l'envahissait toute, malgré les raisonnements de son père, les efforts constants de sa mère pour écarter les impressions pénibles et les pressentiments fâcheux. Et comme pour ajouter une goutte à la coupe d'amertume prête à se répandre, Nicole, ignorante des angoisses de son amie, lui détaillait les siennes avec son pessimisme accoutumé.

— C'est dans huit jours que l'année expirel....., Dans huit jours, il me faudra tenir ma promesse et transmettre à Lucie la demande de M. de Veyle. En mon âme et conscience, je ne pourrai l'appuyer. Tout au contraire, pour éclairer ma sœur, je dois lui montrer l'armée tenue en laisse, comprimée par le talon de botte des tyranneaux au pouvoir. Elle a confiance en moi. Toujours elle m'a consultée, elle a suivi mes conseils dans les choses de moindre importance ; à plus forte raison s'appuiera-t-elle sur mon expérience quand il s'agit de son bonheur à venir. Et moi, ma chérie, soucieuse de ce bonheur, je la dissuaderai d'épouser un prétendant que j'apprécie comme homme, que je redoute comme soldat, celui-ci fût-il assez indépendant, assez scrupuleux pour se refuser à un acte qui lui répugnât.....

— Hélas! pensait Mme d'Arfeuil, le lieutenant méritait mieux qu'un succès d'estime! Lucie est très jeune ; ne saura-t-elle voir que par les yeux de sa sœur?.....

Et, saisissant la plume, elle écrivit à son protégé :

« Courage, mon ami! vous avez agi noblement l'autre jour ; si l'épreuve vient, votre vaillance ne se démentira pas..... »

Elle ne pouvait spécifier, mais il apprendrait trop vite ce qu'elle sous-entendait ainsi ; car à l'épreuve d'une condamnation possible s'ajouterait la plus cruelle des déceptions.

Ainsi apitoyée, inquiète, en proie à des pressentiments qu'elle essayait en vain de raisonner, Marguerite espéra de l'efficacité d'une promenade pour calmer son esprit. Elle fit atteler le landau.

— Où Madame veut-elle que je la conduise?..... demanda Irénée.

Elle lui laissa carte blanche. Mal inspiré, et cherchant l'ombre pour ses chevaux, il suivit la lisière du bois qui aboutit au couvent.....

Pauvre couvent! Ses volets clos, ses palissades démantelées, son avenue ravagée, les scellés apposés sur la grande porte de la chapelle, dont ils interdisaient maintenant l'accès, n'étaient point faits pour rasséréner une âme éprise de justice et de liberté. L'altération subite des traits de sa maîtresse effraya le fidèle domestique ; il voulut tourner bride, mais elle s'y opposa, comme hypnotisée par ce spectacle sans précédent ; et quand elle se fut arrachée, après une longue demi-heure de contemplation, à cette vue douloureuse, des larmes amères coulaient de ses yeux sur ses joues pâlies.....

Une exclamation la fit tressaillir :

— Ma pauvre enfant!..... J'allais vous visiter à Bon-Accueil.....

Mme des Aulnois monta aux côtés de la jeune femme et l'entoura de ses bras tremblants, tandis qu'elle continuait :

— Je comprends!..... vous veniez me voir!..... Y a-t-il longtemps que vous savez?..... Moi, je viens de l'apprendre par le journal..... Sa blessure est légère, très légère..... Il n'y a donc pas lieu de trembler.....

Car Marguerite tremblait de tout son corps, tandis que ses yeux, agrandis par l'épouvante, interrogeaient éperdument Mme des Aulnois ; puis, sans un mot, sans un soupir même, elle s'affaissa sur les coussins.....

Sa vieille amie, désolée, comprit seulement l'imprudence commise :

— Vite aux Aulnes, Irénée!.....

Les Aulnes n'étaient pas très éloignés du lieu de la rencontre, et les chevaux franchirent rapidement la distance qui les en séparait. Là, avec d'infinies précautions, on transporta la jeune femme dans le hall et l'on s'efforça de la rappeler à la vie ; mais elle restait inerte, le visage exsangue ; et tandis que des messagers, envoyés dans toutes les directions, partaient chercher du secours, Mme des Aulnois, au désespoir, se tordait les mains. Elle faillit s'évanouir à son tour, lorsqu'elle vit arriver M. et Mme de Laval ; lui, appuyé sur sa canne et traînant la jambe, sa femme en larmes, incapable de prononcer un mot.....

— Pardonnez-moi, mes chers amis, balbutiait la châtelaine..... pardonnez-moi ce que je ne me pardonnerai jamais!..... Et cependant, il m'était impossible de croire à son ignorance en l'apercevant si près de chez moi, tout en pleurs!..... L'idée qu'elle venait m'apprendre la nouvelle..... et parler avec moi de l'absent..... m'a dominée..... Le voilà..... l'avez-vous lu, ce journal?.....

Mais bien que la nouvelle fût de nature à les alarmer tous, l'état de Marguerite était trop inquiétant pour ne pas les absorber d'abord. Les messagers revinrent avec deux docteurs ; et de longues heures d'angoisse sonnèrent, une à une, au cadran des Aulnes, plus cruelles encore que toutes les heures passées.

Mme des Aulnois s'était réfugiée à la chapelle ; elle priait, à genoux sur les dalles, comme on prie quand deux vies humaines sont en péril de mort. Cet enfant attendu, espéré comme un bien suprême, ne toucherait-il la terre que pour s'envoler aux cieux?..... Et cette jeune femme si éprouvée, si vaillante, allait-elle plonger par son départ tous les siens dans le malheur?.....

Il y avait surtout quelque chose de terrible dans cette situation des deux époux, ce danger qu'ils couraient si loin l'un de l'autre, car une dépêche était venue apprendre à M. de Laval que son gendre avait eu la poitrine atteinte par un coup de feu, dans un combat contre les Figuiguiens. Lui-même, le lieutenant, télégraphiait : « Pas un mot à ma femme..... », et sa femme savait tout, tandis que lui ne savait rien.

Mme des Aulnois invoquait l'appui du héros de Reichshoffen, du colonel, son frère d'armes, car sa foi se refusait à croire qu'ils restaient insensibles à ce drame de famille, calmes et détachés des leurs dans la paix du tombeau. Oui! par delà la tombe, nos aimés compatissent, intercèdent, penchés vers nos misères, leur sachant une fin, un but, aussi une récompense là-haut. Elle leur disait ces choses dans le silence de la nuit qui suivait la journée néfaste ; nuit interminable où de lourds nuages s'amoncelaient vers l'horizon. Ils se dissipèrent, comme par magie, à l'aube naissante ; et le soleil se levait radieux, au sommet de la colline, quand une voix s'écria :

— C'est un garçon!.....

Il vivait ; sa mère voulait vivre ; les yeux qui avaient tant pleuré s'inondaient à nouveau de larmes, mais larmes de joie, de bonheur et d'espoir.

XVIII

Le jour où le Conseil de guerre acquitta le lieutenant de Veyle, M. Verneuil se fit annoncer chez lui.

En proie à une émotion intense, le jeune homme se porta au-devant du visiteur, cherchant à lire dans son regard ; mais ce regard, bien que sympathique, se faisait impénétrable, et, après quelques mots de félicitation sur l'heureuse issue de l'audience, le notaire alla droit au fait.....

— Lieutenant, j'ai tenu à venir moi-même au lieu de vous écrire, comme telle était d'abord mon intention..... Car j'éprouve une si grande estime pour votre caractère, que vous ne pouvez être pour moi un étranger ou un indifférent......

Il fit une pause, durant laquelle on eût pu entendre battre le cœur de l'officier. Après tant de souffrances morales, de si légitimes angoisses, une éclaircie se faisait donc dans son ciel ? Comme il s'était incliné sans répondre, M. Verneuil continua, plus posément, plus lentement :

— Il y a, jour pour jour, une année que vous nous avez fait l'honneur de solliciter la main de ma belle-sœur Lucie...... Nous la trouvions bien jeune alors, trop jeune pour la marier ; et ma femme, touchée de vos instances, vous promit une réponse dans douze mois révolus.....

— Elle est impatiemment attendue!..... murmura, d'une voix profonde, le lieutenant.

— Lucie est orpheline, reprit le notaire, et notre responsabilité est grande, à nous qui tenons la place de ses parents!..... Pour notre propre fille, peut-être serions-nous moins perplexes..... moins rigides.....

— Rigides!..... balbutia de Veyle, qui avait pâli.

— Quant à la situation d'un homme tel que vous..... Et celle-ci nous effraye, lieutenant!.....

— Monsieur..... c'est un refus!.....

— Qui s'adresse au soldat..... Uniquement à lui.

— Monsieur..... de grâce.....

— Vous, officier, vous êtes à la merci d'un pouvoir que tout ombrage, qui ne laisse debout que les adorateurs de l'arbitraire et supprime tous ceux qui parlent, agissent et pensent selon leurs propres convictions. Vous l'avez éprouvé?..... Plus que jamais maintenant il faudra vous taire, ou suivre dans l'exil votre ami d'Arfeuil..... Nous ne pouvons exposer notre sœur à un avenir si sombre..... Oubliez votre rêve!..... A l'heure présente, un soldat ne peut rêver sans imprudence,..... Ici aujourd'hui, il sera là demain!

De Veyle, les bras croisés sur sa poitrine, cherchait à maîtriser sa douleur. Ce qu'il avait redouté s'accomplissait, et ces mots : « Oubliez votre rêve!..... » lui martelaient le cœur.

Comment combattre cette logique, plaider cette cause perdue d'avance, calmer ces craintes trop justifiées et demander, en un mot, qu'on fît litière des répugnances pour s'élever sur des ruines jusqu'aux sommets d'où l'on voit l'ensemble plutôt que les détails?.....

Trop fier pour se plaindre, trop malheureux pour rester de sang-froid, il n'entendit pas les consolations que suggérait à M. Verneuil le regret bien réel d'avoir dû saper l'édifice de son bonheur.....

Toujours correct, le lieutenant reconduisit jusqu'à la porte celui qui ne devait jamais plus en franchir le seuil.

* *

Le même jour, presque à la même heure, Mme Verneuil fit entrer Lucie au petit salon, loin du bruit des enfants, et son visage avait une expression si grave que la jeune fille s'écria, légèrement inquiète :

— Qu'y a-t-il donc, ma grande?..... Tu me fais peur!.....

Nicole eut un sourire contraint, car il ne lui déplaisait pas que la petite s'effrayât. Elle commença :

— Vois-tu, ma chérie, c'est que je supplée notre mère!..... Combien je voudrais qu'elle fût là, seule responsable de la plus grave des décisions.....

Lucie rougit jusqu'aux yeux. Ce prélude était trop transparent pour lui laisser l'ombre d'un doute sur ce qui allait suivre :

— Bon!..... dit-elle, essayant de rire, tu vas me parler mariage, ou je me trompe fort?.....

— Tu ne te trompes pas. Bien que très jeune..... trop jeune encore..... tu es recherchée par un homme..... honorable....; c'est pourquoi j'ai promis de t'en instruire..... mais dont la situation n'est pas le moins du monde celle que je souhaite pour toi..... Je pense, ma chérie, que tu as confiance en ta sœur.....

— Toute confiance! s'écria Lucie, entourant de ses bras le cou de Mme Verneuil.

Nicole lui rendit cette caresse et, rassérénée, continua :

— Tu aimes la vie paisible..... un foyer stable..... un avenir sinon certain — car nul de nous ne peut répondre de l'avenir, — mais du moins dégagé, selon les probabilités humaines, d'inévitables traverses et de ces surprises en coup de foudre qui ruinent le bonheur. Est-ce vrai?.....

— C'est vrai, ma grande, tu as raison!

— Or, le parti qui se présente ne te promet rien de semblable. Tu marcherais avec ce mari sur un terrain mouvant..... sans savoir où poser le pied pour éviter une catastrophe..... parlant bas, mais non si bas encore que des oreilles aux écoutes ne vous accusent de comploter..... Tu vois, ma Lucie, ce n'est pas fait pour toi, avoue-le?.....

La petite, les yeux écarquillés, avait écouté sans mot dire ; elle demanda doucement :

— S'agirait-il d'un officier?.....

— Oui..... tu le devines..... et, de plus, d'un officier sans espoir d'avancement. Mais ceci nous préoccupe peu ; tu n'es pas faite pour devenir la femme d'un soldat.....

Lucie, le front dans les mains, semblait plongée dans une méditation profonde ; comme celle-ci se prolongeait, sa sœur la rappela à elle-même en lui touchant le bras :

— Fais-tu ton examen de conscience?..... Si tu te compares à notre pauvre Marguerite, tu dois reconnaître que j'ai raison...

— Et c'est ce qui m'humilie !..... Ne proteste pas, Nicole.....
ce n'est pas mon imagination qui parle, c'est mon cœur. Tu
me montres ton amie comme exemple des épreuves et des traverses que peut subir une femme d'officier ; je ne dis pas que
ces épreuves soient tentantes. Mais le fait de les supporter
avec tant de courage m'inspire une profonde admiration.....

— A moi aussi ; toutefois, ce n'est pas un motif pour suivre
ses traces. Là où telle est vaillante, telle autre succombe.....
Elle a bien failli succomber !..... Donc, crois-moi, petite, pas de
rêves impossibles. Ces officiers de carrière — vois le lieutenant
d'Arfeuil? — sont malheureux s'ils abdiquent ; et s'ils per-
sistent à suivre leur voie, celle où, avant eux, ont marché leurs
pères, ils se heurtent à des écueils que ceux-ci n'ont pas con-
nus..... Marguerite les ignorait en se mariant.....

— Mais quand elle a vu, qu'elle a su, qu'elle a compris que
son mari était né soldat, a-t-elle hésité?.....

— Non. Elle est consciencieuse. La force des choses l'entraînait.

— Oh! Nicole, il faut plus que la force des choses, plus
même que de la conscience pour faire ce qu'elle a fait !.....

— Comme tu voudras! dit Mme Verneuil visiblement agacée.

Et, pour arrêter sa sœur sur cette pente où l'entraînait un
dangereux enthousiasme, elle ajouta :

— Mais je soutiens, moi qui la connais mieux que tu ne
peux la connaître, que, placée dans les circonstances actuelles,
elle eût refusé d'engager sa vie. Il y a quelques années, on ne
pouvait prévoir tout ce qui arrive..... Quand un officier est
requis pour expulser des moines, le métier des armes n'est plus
un noble métier ; et une jeune fille, si elle est raisonnable, ne
se monte pas la tête pour ce métier-là!.....

Lucie avait pâli. Une question, qu'elle n'osait formuler, flot-
tait sur ses lèvres ; sa sœur la devina :

— M. de Veyle a dû passer en Conseil de guerre..... on parle
d'acquittement. Ce n'est que pour obéir à ma promesse que je
te parle de lui; car on peut admirer, approuver de tels hommes;
on ne les épouse pas!.....

— Pourquoi?.....

Nicole eut un sursaut :

— Pourquoi?..... L'innocente demande pourquoi!..... Mais,
ma pauvre petite, ceci tombe sous le bon sens....., Tu viens toi-
même de convenir qu'un soldat de carrière est malheureux
s'il cesse d'être soldat ; or, le lieutenant de Veyle n'avancera
pas et il arrivera péniblement, laborieusement à mourir dans
la peau d'un capitaine : rien n'est bête comme de vieillir sous
un pareil harnais!.....

Elle s'était animée plus peut-être qu'elle n'eût voulu le faire,
car sa voix, devenue stridente, martelait les mots. Elle désirait
frapper un coup décisif et persuader cette enfant naïve, dont la
tendance d'esprit l'effrayait. Lucie, plus calme, le menton dans
la main droite, restait plongée dans de profondes réflexions.
Elle releva la tête et regarda Mme Verneuil :

— Nicole....., est-ce M. de Veyle qui demande ma main?.....

— Mon Dieu, oui! avoua-t-elle avec humeur. Je te répète,
petite, que je n'ai aucun grief contre l'homme. Je le reconnais
des plus sérieux, des plus honorables, et c'est vraiment malheureux qu'il soit officier.....

L'enfant se laissa glisser aux genoux de sa sœur et les entoura de ses deux bras :

— Ma grande..... s'il me plaît, à moi, qu'il en soit ainsi?.....

— Que tu es imaginative, ma pauvre chérie!..... C'est un
danger d'avoir une imagination comme la tienne, toujours en
quête de mirages, de choses gigantesques, colossales, et qui
dégoûtent de la réalité!..... Ne suis-je pas heureuse, moi,
d'avoir épousé un notaire, de jouir d'un bonheur calme, d'une
vie stable, assurée, indépendante d'un changement de minis-
tère, d'un arrêt des Loges, à l'abri enfin de mille vexations?.....
Notre mère, j'en suis assurée, te parlerait comme moi-même ;
elle te conjurerait de résister à l'emballement, de te méfier de
la suggestion, de ne pas te créer un héros de toutes pièces, de
ne pas te monter la tête, en un mot, et de vouloir te bâtir un
nid dans le pays des Titans. Ceci fait, quand tu seras bien de
sang-froid, tu prendras le temps de la réflexion, d'une réflexion

posée que notre expérience éclairera tout autant que notre tendresse pour toi.....

Un coup léger frappé à la porte interrompit Mme Verneuil. Elle avait dit qu'on ne la dérangeât point, et cette infraction à ses ordres la surprit.

— Qu'y a-t-il donc, Rosa?..... demanda-t-elle avec un peu d'humeur.

— Une lettre pour Madame..... c'est pressé.....

Elle prit la missive que lui présentait la femme de chambre, en déchira hâtivement l'enveloppe et eut une exclamation étouffée.

— Tiens!..... que te disais-je, Lucie?..... Quelques lignes de Mme de Laval qui me font part des événements : son gendre grièvement blessé par les Marocains et la naissance, aux Aulnes, d'un garçon nommé Jean..... Un chapitre de plus à méditer, chère petite, pour ton roman de femme d'officier..... Puisse celui de ma pauvre Marguerite ne pas se clore tragiquement!.....

XIX

Du jour au lendemain, Irénée avait acquis une extrême importance par tout le pays. On le guettait sur les portes, quand il sortait des Aulnes, où ses maîtres avaient dû établir leur quartier général. Huit jours de cela, huit jours où il avait fallu avoir une boussole joliment solide, disait-il, pour ne pas perdre le Nord. Monté sur Turban, le cheval préféré de M. d'Arfeuil, il ressemblait un peu au cavalier fantôme dont la monture a des ailes et des yeux de braise qui luisent dans la nuit.

— V'là Irénée qui passe! murmuraient, en se signant, les femmes tirées de leur sommeil.

Elles calculaient le temps qu'il mettrait à revenir, soit qu'il se dirigeât vers la ville, soit qu'il allât seulement à Bon-Accueil, et, anxieuses, elles épiaient son retour. Tout d'abord, il passa sans s'arrêter, et cette façon d'agir était de si mauvais augure qu'elle inquiétait les bonnes gens. Si on avait osé, on serait allé jusqu'aux Aulnes pour prendre des nouvelles de Mme d'Arfeuil et de son fils ; mais on n'osait pas ; on craignait trop d'être importun. De loin, on regardait le château sur lequel semblait planer l'ange aux sombres ailes et on s'agenouillait, matin et soir, au pied du calvaire qui domine le vallon. Les petits joignaient les mains, balbutiaient leur prière naïve ou apportaient à la Vierge un bouquet de fleurs des champs. Les femmes promettaient des chapelets et des rosaires, un pèlerinage à Notre-Dame de Sion, la grande protectrice du pays lorrain. Elles répétaient, les yeux levés vers la statue bénissante qui domine tant de villages massés aux alentours : « Bonne Mère des mères, ayez pitié d'elle, guérissez son mari, faites qu'ils puissent se revoir!..... »

Et ce matin, où Irénée, au grand trot de son cheval, cria sur son passage : « Ça va mieux!..... » un soupir d'allégement s'échappa de tous les cœurs. Alors, avec impatience, on attendit des détails. Le jour où le messager mit pied à terre et attacha la bride de Turban à un arbre voisin, tandis qu'il entrait dans la maison où tous se groupaient pour l'entendre, fut certes un beau jour! Oui, c'était bien vrai qu'on avait reçu de bonnes nouvelles du « capitaine » ; la blessure, moins grave qu'on l'avait craint tout d'abord, était en bonne voie de guérison ; et cette heureuse certitude avait fait à elle seule, pour amener la convalescence de la jeune mère, plus que tous les soins et que tous les docteurs.

Les récits rétrospectifs d'Irénée donnaient le frisson à l'auditoire. Pensez qu'on les avait crus morts tous les deux, tandis que ce cher petit être, leur fils, gémissait dans son berceau!.....

— En v'là un qui ne sera pas soldat!..... murmura un gars.

Irénée, subitement furieux, le regarda insidieusement par-dessus l'épaule :

— Tu dis..... toi..... l'haricot?.....

L'autre chercha à s'excuser :

— Dame!..... C'est pas tentant tout de même!..... Et ceusses qui ont de la galette pourraient s'en priver.....

— Tu raisonnes comme un tambour!..... C'est sûr que les
ceusses qui veulent dormir sur leurs deux oreilles, faire leurs
quatre bons repas sans se troubler les sangs et qui se fichent
du tiers comme du quart n'entreront pas dans l'armée. Mais
quand on sort d'une famille pareille..... Car vous ne savez rien
de rien, vous autres!..... C'est pas comme moi qui vois de quoi
y retourne, aux Aulnes surtout, là ousque le père du « capitaine » et le colonel, son tuteur, s'en venaient déjà dans leur
jeune temps!..... Y a une salle remplie d'épées, de fusils,
d'épaulettes, de croix d'honneur, et au-dessus de tout cela, à la
plus belle place, le sabre de Reischoffen......

— Qu'est-ce que c'est, Reischoffen? interrogea un gamin.

Irénée, sans lui répondre, se tourna vers la maîtresse du
logis :

— Eh! dites donc, la mère, qu'est-ce qu'on lui apprend à
l'école, à vot'fils?..... Des tas de choses qu'on ne savait pas de
mon temps, bien sûr ; mais nous, du moins, nous connaissions
ça!..... Donc, petit, Reischoffen, c'est une grande bataille ous-
qu'il y avait un Français pour dix Prussiens ; et après avoir
balancé longtemps la victoire, il a tout de même fallu finir par
s'en aller. Seulement, c'est pas facile de partir quand on a des
tas et des tas d'ennemis qui vous suivent en vous lançant des
pruneaux. Aussi, le maréchal, pour sauver les ceusses qu'il
emmenait, commanda aux cuirassiers d'arrêter les autres et
de leur courir dessus avec leurs chevaux. Les cuirassiers char-
gèrent. Tu vois ça d'ici, p't'être?..... Ah! mon petit, quelle
bousculade!..... « Les braves gens! » qu'a dit le vieux Guil-
laume, un dur-à-cuire, pas ferré sur les compliments. Et le
père de mon capitaine était là qui sabrait comme les autres.
Lui aussi est tombé. Son sabre est aux Aulnes : comprends-
tu?..... Si oui, raconte ça à ta classe et soyez-en tous fiers.....

Irénée, peu fait pour les longs dicours, s'essuya le front et
voulut battre en retraite. On le retint :

— Pas avant d'avoir bu un coup?.....

Il céda. C'est malhonnête de refuser des politesses, au village.

— A vot' santé, Irénée, à celle de vos maîtres.....

— Et à celle de la France, mes amis!.....

— Donc, reprit-il après avoir passé le revers de sa main sur ses lèvres, il y a eu un soir où l'on avait de mauvaises nouvelles du « capitaine », et alors Madame ne faisait que pleurer ; mais voici qu'elle dit tout à coup :

— Qu'on me mène dans la salle des panoplies!.....

Son père et sa mère ne voulaient pas. Ils répétaient que ce serait dangereux, qu'elle était trop faible, qu'elle avait trop de chagrin, qu'on verrait plus tard ; mais comme elle tenait à son idée, qu'elle répétait toujours :

— Je veux y aller !

On la porta sur un fauteuil. Nous pensions :

— Un coup à la tuer, bien sûr.....

Mais non. Elle se calma, comme si de toutes ces armes étaient sorties des voix qui lui parlaient et que nous n'entendions pas.....

— Pauvre brave dame!..... murmuraient les femmes en joignant les mains.

Et tandis qu'Irénée opérait un second mouvement de retraite, l'une d'elles l'arrêta de nouveau :

— Et l'p'tiot?......

Il eut un geste d'extase :

— Oh!..... Un rude petit lapin, allez!..... Tout le portrait de son père..... Et une voix!..... Sapristi, une voix qu'on entend par toute la maison..... Une vraie voix de général, quoi!.....

— Quand est-ce qu'on le baptise, Irénée?......

— Bientôt, qu'on a dit. C'est M. de Laval le parrain, et la marraine Mme des Aulnois, en souvenir du colonel!..... Y en aura des bonbons, les enfants, y en aura, je vous le promets!.....

Cette fois, ayant tout dit, il détacha Turban auquel ce temps d'arrêt donnait une nouvelle ardeur. L'animal partit comme une flèche dès que son cavalier fut en selle, et, ensemble, ils ne formèrent bientôt plus qu'un point imperceptible qu'on regarda encore jusqu'à ce qu'il disparût complètement au détour du chemin.

— Il a une riche place, l'Irénée! murmuraient quelques-uns.

— Et des bons maîtres!.....

Content, chacun retourna à son travail : les hommes au labour, les femmes à la laiterie, au potager, et les petits, sur le chemin de l'école, parlaient de batailles où l'on est un contre dix, avec des visions tourbillonnantes de cuirassiers dans les blés mûrs.

XX

Dans la plus belle chambre des Aulnes, une chambre aux boiseries blanches et aux tentures Louis XVI, Marguerite, à demi couchée sur sa chaise longue, laissait errer ses yeux sur la campagne dont elle apercevait une vaste étendue.

Ce calme, cette beauté des prairies, qui repoussaient vertes et drues après la première coupe et dont la nuance s'alliait harmonieusement à l'or bruni des moissons, la reposaient, l'apaisaient, lui insufflaient de leur force, de leur profonde douceur.....

— Que c'est admirable, les champs!.....

Sa méditation fut interrompue par sa femme de chambre :

— Madame veut-elle recevoir Mme Verneuil?.....

Si elle voulait recevoir Nicole?..... Déjà ses bras s'étaient ouverts pour enlacer son amie. Qu'il y avait longtemps, oh! longtemps qu'elle ne l'avait vue, car les heures et les jours d'angoisse et de souffrance paraissent longs comme une éternité. Et tout de suite, après le baiser qu'elles échangèrent, prises toutes deux d'une émotion indicible, Marguerite désigna le berceau tout blanc où dormait de son sommeil d'ange le bien-aimé.....

— Mon fils!.....

Avec quelle joie, quel orgueil indicibles elle disait ce mot magique! Il faut, comme elle, avoir attendu, espéré et désespéré tour à tour la venue de l'enfant dont l'apparition doit mettre dans la vie des siens une tendresse de plus et un intérêt qui manque à leur avenir, pour comprendre entièrement l'immense bonheur qu'apporte la réalisation du vœu le plus cher. Et penchées ensemble vers le nouveau-né, se souriant et l'admirant en silence, elles entendaient battre leur cœur.....

— Comme la Providence est bonne de l'avoir fait naître aux Aulnes!..... murmura enfin Mme d'Arfeuil..... Et dans cette chambre même, celle du colonel!.....

Elle désignait le beau portrait de celui qu'elle n'avait pas connu, contre lequel son amour était entré en lutte, qu'elle avait vaincu jadis et qui avait pris sa revanche, une revanche éclatante, complète, sur ce même amour.

— Vois donc, Nicole..... On dirait qu'il a l'air heureux..... on dirait qu'il approuve..... Et cette approbation m'a aidée, tu peux m'en croire, à traverser la période d'angoisse dont j'ai cru ne pouvoir sortir!.....

Alors, pour satisfaire aux instances de Mme Verneuil, elle lui redit de vive voix ce qui s'était passé, depuis l'instant où la terrible nouvelle l'avait foudroyé par la bouche de Mme des Aulnois.....

— Mais nous nous reverrons, j'en suis sûre!..... conclut-elle en joignant les mains, et ce revoir sera si doux que j'en savoure par avance le complet bonheur!..... Tu sais qu'*il* est capitaine?..... Que sa blessure, moins grave qu'on ne l'avait cru d'abord, est en pleine voie de guérison?..... Tu sais aussi — mais non, tu ne peux savoir — qu'*il* croit pouvoir revenir en France, en convalescence d'abord, peut-être tout à fait?.....

Puis, cessant de parler d'eux, d'elle-même, elle interrogea :

— Et Lucie?

Lucie!..... Il y avait eu dans la calme maison du notaire bien des polémiques, bien des pleurs.....

— Tu comprends, dans l'état actuel des choses?..... après ce qui s'est passé!..... même après l'acquittement, puisque le lieutenant de Veyle a été absous par les chefs chargés de le juger?..... Eh bien! ces chefs mêmes, après avoir obéi strictement à leur conscience, sont devenus le point de mire du dictateur..... Une volonté brutale, une rancune féroce les poursuivent, et les révocations pleuvent, les démissions se multiplient, la Loge triomphe ; c'est odieux!..... Nous avons dit cela, tout cela à ma sœur, continua Mme Verneuil ; mais Lucie — une enfant! — jusque-là si douce, si confiante, si obéissante à tous nos désirs, prise de je ne sais quelle fièvre — la tienne — qui rend inutiles toutes les objections, est-ce vrai?..... Lucie a déclaré qu'elle ne se marierait qu'avec le lieutenant!......

Marguerite eut un sourire et un regard attendris :

— Ma pauvre Nicole!..... Je n'ai pu te convertir à mes idées, et tu vas m'en vouloir de l'influence qu'elles ont pu exercer sur ta sœur.....

— Moins tes idées que ta conduite! avoua très franchement Mme Verneuil ; car toi, tu prêches surtout d'exemple. Pourquoi fournir aux imaginations jeunes un tel modèle de femme d'officier?..... Ne t'en défends pas!..... Epuisons ce sujet, puisque nous le tenons et qu'il me faut montrer le fond de ma pensée. La voici : Ma sœur veut épouser le lieutenant de Veyle, dont la demande, répète-t-elle, lui est un grand honneur. Maintenant que nous avons tout dit, nous laissons faire, mais avec le désir de voir cette enfant digne de la situation.....

— Ah!..... c'est bien cela!..... s'écria Marguerite ; car, si je pénètre ta pensée intime, tu ne veux pas qu'elle soit une femme quelconque, écrasée d'avance par les événements qui peuvent surgir?..... N'importe quelle union, si brillante soit-elle, offre un aléa aux futurs époux ; mais combien plus l'état militaire est fécond en épreuves, sous le régime actuel!..... Le serait-il plus encore — et vraiment on se demande si l'arbitraire trouvera des bornes — qu'il faut espérer toujours dans le présent et l'avenir. Moi qui ai vu de près ma chère, ma grande famille militaire, qui connais son esprit, son dévouement, sa vertu, j'ai l'intime conviction qu'elle résistera à l'orage et en sortira plus forte, plus parfaite, plus unie que jamais.....

— Dieu t'entende!.....

— Je l'espère!..... J'espère aussi que nous ne serons pas étrangères, nous, les femmes, à cette suprême victoire, et qu'il y aura parmi les jeunes beaucoup de Lucie.....

— Dis beaucoup de Marguerite, tu seras dans le vrai ; seulement, ces Marguerite entraîneront ces Lucie, leur montreront la route, les soutiendront en marchant à leurs côtés.....

Mme Verneuil parlait avec animation, et son amie la regardait, accentuant son sourire :

— Voilà comme j'aime à te voir, Nicole, sortant des griffes de la prudence où tu te cantonnes si volontiers.....

— Ma chère, tu sais bien que, dès qu'on a pris un parti, l'heure n'est plus aux lamentations! Le Rubicon est passé, il ne faut pas regarder en arrière..... Est-ce vrai?.....

— Tu ne m'as encore donné aucun détail sur le passage du Rubicon?.....

— Ah! Ah!..... Tu les aimes, les détails?..... Mais tu n'as qu'à te reporter de cinq ans en arrière..... A te revoir dans toute la joie de tes fiançailles et le triomphe de ton amour!..... C'est au sortir du Conseil de guerre que mon mari avait anéanti l'espoir du lieutenant, et c'est huit jours plus tard que le colonel dit à M. de Veyle : « J'ai plaisir à vous apprendre que vous êtes invité à dîner ce soir chez Mme Verneuil..... »

— Alors?.....

— Alors il a pâli comme il ne l'eût pas fait devant une condamnation et il a balbutié : « Mon colonel!..... Merci, mon colonel!..... » sans rien trouver de plus éloquent ; mais il nous est arrivé avant l'heure, si tremblant de crainte et d'espoir, que, prise de sympathie, je l'ai rasséréné par une chaude poignée de main.....

— Bravo!..... Et Lucie.....

— Oh!..... Lucie..... Elles sont vraiment surprenantes, ces petites filles!..... Ne trouvent-elles pas du sang-froid dès qu'il en faut?..... Elle a eu des mots très délicats pour dire son respect envers l'armée et son désir bien ardent de faire partie de la grande famille qui a conquis son affection. Tu penses s'il était ravi, s'il la considérait avec enthousiasme, s'il la remerciait, s'il me remerciait moi-même d'avoir cédé à son ardent désir!..... Jusqu'à mon Paul qui s'est aperçu de quoi il retourne, car il m'a dit à l'oreille, après le baiser du soir :

— Quand est-ce la noce, maman?.....

— Et tu as répondu?.....

— Dors tout de suite, chéri, et peut-être qu'en rêve ton bon ange te l'apprendra.....

— Cher enfant!..... Je voudrais que le mien eût déjà son âge.....

— Oh!..... ne brûle pas la route ; c'est si bon, les tout petits! Voir l'intelligence, l'âme qui s'éveillent, c'est doux et c'est grand..... Ils ont des mots exquis, des réflexions étonnantes..... Jacqueline, elle, voudrait savoir si, quand nous serons là-haut, Dieu nous permettra d'allumer les étoiles?..... C'est naïf et pourtant sublime, cette illumination faite par les élus!.....

Puis, revenant à son idée première :

— J'aurais tant souhaité conserver Lucie auprès de moi!..... Les partis brillants ne lui manqueraient pas..... et du moins, nos enfants, élevés ensemble, ne seraient point des inconnus les uns pour les autres..... Ce sera désolant!.....

— Ma pauvre Nicole, tu m'exhortes à jouir du présent sans vouloir vivre dans l'avenir, et tu t'évertues, toi, à te créer des épreuves avant qu'elles soient nées!..... Qui donc t'assure que tu seras à cent lieues de ta Lucie?..... Quant à la garder près de toi, n'est-ce pas l'égoïsme qui t'inspire?..... Une mère n'en doit pas avoir.....

— Oh!..... toi, tu seras une mère parfaite..... à présent, mais qui sait, plus tard?.....

XXII

Ce « plus tard » avait fait sourire Marguerite ; mais il demeura ancré dans son cœur. De ce moment, elle ajouta, en toute simplicité d'âme, à sa prière quotidienne, une invocation spéciale pour se prémunir contre l'égoïsme maternel. Son amour pour son fils croissait de jour en jour, et déjà elle sentait qu'il y aurait de durs sacrifices auxquels il lui faudrait consentir pour le bonheur même de ce petit enfant ; mais, en recourant à Dieu, partout et toujours, elle saurait s'y résoudre, quand l'heure en serait venue.....

Elle recevait de fréquentes visites depuis la naissance de Jean. Toutes les femmes d'officiers de X... étaient venues aux Aulnes y apporter leurs vœux et leur souvenir. Irénée exultait en les introduisant, et il se permit d'interroger Mme d'Arfeuil sur les nouvelles qui lui étaient données par ses amies. Qu'est-ce que devenaient le régiment, les camarades, le cercle, surtout le cercle qui lui tenait toujours au cœur et auquel il pensait souvent?.....

Mme d'Arfeuil eut un sourire attristé. Les demandes du brave garçon la navraient en lui rappelant un passé déjà lointain et que les ordres supérieurs voulaient jeter dans l'oubli.

— Le cercle?..... Il n'existe plus..... C'en est fait des réunions du soir!.....

Irénée rougit et pâlit coup sur coup. « Elle n'existait plus », l'œuvre si chère à tous, fondée par « le capitaine », cause indirecte de sa disgrâce et de son exil!..... Et pourquoi? Oh! pourquoi avoir ravi au soldat ce second foyer de famille, ce centre de distractions morales où son esprit et son cœur s'ouvraient, à la voix de ses chefs, à de plus larges horizons?.....

Elle ne répondait pas et Irénée comprit ; ses poings se crispèrent et il retint l'anathème que ses lèvres allaient formuler..... Mais l'effort qu'il fit pour se contenir lui mit des larmes dans les yeux.....

.....Quand le lieutenant de Veyle vint voir Mme d'Arfeuil avec sa fiancée, les Aulnes rayonnèrent du bonheur qu'ils apportaient avec eux. Ce n'était pas l'une de ces joies évaporées, sans raisonnement et sans mesure, qui frisent l'inconscience tant elles paraissent irréfléchies.....

— Nous savons, disaient-ils, que la route n'est pas sûre! qu'il y a, de droite et de gauche, des ornières profondes, des précipices même où le moindre mouvement peut nous faire choir.

Le lieutenant ajoutait :

— Ma seule ambition sera de marcher sur les traces de mon ami d'Arfeuil!.....

— Et moi, dit Lucie, je voudrais tant vous ressembler, Madame!..... Mais je sais que je ne suis qu'une pauvre petite femme sans valeur.....

— Ne croyez pas cela, mon enfant!..... Et puis vous n'avez pas le droit de vous contenter de peu, car vous serez entourée de tant de beaux et de bons exemples qu'il vous faudra les suivre pour ne pas déchoir..... Moi, que vous louez, je ne vaux pas telle et telle des plus modestes, des plus humbles, si dignes, si courageuses, si fières..... si méconnues, hélas!.....

Et, posant sa main sur l'épaule de Lucie :

— Ma chère petite, soyez bonne d'abord, irréprochablement bonne envers vos vaillantes sœurs. Ne vous attachez pas aux apparences ni à des puérilités qui ne signifient rien. Pour être aimée, aimez vous-même. Le cœur est un guide très sûr, qui conseille mieux que les plus sages mentors.....

Puis, laissant les fiancés visiter le parc avec Mme de Laval, les deux amies causèrent encore plus intimement. Nicole, si opposée d'abord à ce mariage, s'inclinait, comme elle l'avait dit déjà à Marguerite, devant le fait accompli ; et les conseils que donnait cette femme vaillante à la future femme d'officier avaient toute son approbation.....

— Tu as raison, répétait Mme Verneuil, il faut s'aimer, s'entr'aider, dans l'armée!..... Comme leurs maris, les épouses doivent serrer les rangs et n'y laisser pénétrer ni l'indifférence, ni la froideur, ni la médisance qui amène la désunion. Que les plus intelligentes, les mieux douées, les plus favorisées de la vie aident les autres et leur soient de vraies sœurs..... Le temps n'est plus aux succès mondains, aux réceptions brillantes, mais à la lutte, pas à pas, sans trêve ni relâche, sans faiblesse et sans défection..... Que Lucie te prenne pour exemple!..... J'ai confiance qu'elle le fera, car tu es son idéal, dût ta modestie en souffrir.....

* * * * * * * * * * * * * * * * * *

Mme d'Arfeuil pensait à cet entretien après le départ de son amie et des heureux fiancés ; elle venait de recevoir, au même instant, une lettre d'Algérie, toute à l'espoir d'un prochain retour ; et de ce que lui disait son mari, comme de ce que lui avait dit Nicole, elle faisait le sujet de sérieuses méditations. Mais c'étaient moins le passé, moins le présent peut-être, que l'avenir qui occupait son esprit ; car l'avenir se personnifiait en son enfant ; et pour lui, surtout pour la France, elle se sentait frémir!..... Après les glorieuses épopées, les cruels revers, après l'orage, après la tourmente, quelle aube nouvelle se lèverait sur l'armée! En face de l'énigme, elle songeait à la mission pressante des mères dont les fils, comme le sien, devaient grandir pour la patrie..... Car c'est le rôle des mères de tremper ces jeunes âmes qui seront un jour des âmes d'hommes, des âmes auxquelles il faudra, plus que jamais, de la force, de la grandeur, du savoir, de la vaillance pour continuer, pour reprendre les hautes traditions!.....

Et la main sur le berceau où le nouveau-né dormait d'un sommeil d'ange, elle leva les yeux vers le ciel où réside celui qui aime les Francs.....

— A Dieu va!..... murmura-t-elle, comme les anciens preux prêts à jouter en champ clos.....

FIN

POUR PARAITRE LE 1er AOUT 1912

TOUT NATUREL

Par Mme HÉLÈNE JEAN BABIN

Un volume de 128 pages, avec couverture illustrée en couleurs.

20 centimes. — Port : 10 centimes.

685-12. — Imprimerie P. FERON-VRAU, 3 et 5, rue Bayard, Paris, VIIIe.

L'INTERPRÉTATION DES PLANCHES DE BULLIARD

ET LEUR CONCORDANCE AVEC LES NOMS ACTUELS

Par M. le Dr QUÉLET

Et, en ce qui concerne les Myxomycètes,

Par M. le professeur MASSEE

Malgré le temps qui déprécie tant de choses, les planches dont Bulliard a commencé, en 1780, la publication pour son *Histoire des Champignons*, n'ont rien perdu de leur haute valeur : tous les auteurs modernes les citent encore avec égard et avec estime. C'est que dans cette œuvre le mérite artistique (la beauté et la finesse du dessin et du coloris) se trouve réuni au mérite scientifique (la reproduction exacte, claire, attentive des détails).

J'ai donc pensé qu'il serait intéressant de publier l'interprétation de ces planches. Elle a été donnée en 1857 par Kickx (1) qui, à vrai dire, n'a que rarement émis une opinion personnelle et n'a guère fait que reproduire les citations contenues dans le *Systema* et l'*Epicrisis* de Fries.

Aujourd'hui encore, Fries doit être adopté comme guide ; toutefois, il a, dans ses *Hymenomycetes Europæi*, modifié, pour un grand nombre des planches de Bulliard, les interprétations qu'il avait données primitivement dans le *Systema* et l'*Epicrisis*. Il était donc nécessaire de reprendre le travail de Kickx en y introduisant les rectifications apportées par Fries lui-même à ses premières appréciations.

D'autre part, notre maître et ami, M. le docteur Quélet, s'occupe depuis longues années à étudier et à comprendre les planches de Bulliard. Dès 1872, dans son ouvrage intitulé : *Les Champignons du Jura et des Vosges*, il a signalé plusieurs redressements aux interprétations de Fries : Fries lui-même s'y est conformé dans son ouvrage les *Hymenomycetes Europæi*. Depuis cette époque, M. Quélet a poursuivi ses recherches et retouché sur plusieurs points l'œuvre de Fries. Il a rétabli pour les noms d'auteurs la règle de la priorité dont Fries s'était souvent écarté et même affranchi ; il a constaté que certaines espèces n'avaient pas les caractères (couleur des spores, etc.), que Fries leur avait attribuées, et il a dû les transporter dans d'autres genres ; enfin, quoique rarement, un examen plus attentif des figures de Bulliard et une étude plus approfondie des espèces qu'elles pouvaient représenter, lui ont fait reconnaître que certaines figures s'appliquaient à des espèces autres que celles auxquelles on les avait rapportées jusqu'à présent.

« Au fur et à mesure, nous écrivait M. Quélet, que j'ai pu compulser et comparer des atlas de Bulliard (une douzaine, dont l'un annoté par Bulliard lui-même), j'ai, d'année en année, en *reconnaissant les espèces vivantes des diverses régions* de la France, mieux vu et compris à quelles figures de cet atlas ces espèces répondaient. J'ai ainsi (et je m'en suis réjoui plus d'une fois) modifié maintes interprétations soit de Fries ou de Persoon, soit de ma flore du Jura et des Vosges, de l'*Enchiridion* et de ma Flore mycologique de France ! Comme certaines figures présentent, dans les divers exemplaires, des colorations différentes, je les ai copiées dans divers atlas pour obtenir

(1) Kickx : *Clavis Bulliardiana seu nomenclator Bulliardi icones fungorum, ducente Friésio, illustrans.* Gand, 1857.

la meilleure figure, avant d'arriver à la vraie interprétation. »

Le travail que nous avons la bonne fortune de publier (sixième colonne de notre tableau) est donc l'œuvre entière et exclusive de M. Quélet. L'on verra et l'on ne sera pas surpris qu'il y modifie sur plusieurs points ses appréciations antérieures. Ces changements sont la conséquence de cette révision patiente qu'il a entreprise....

Nous devons toutefois excepter les interprétations qui concernent les Myxomycètes. Nous avons reproduit celles de M. Massee : l'éminent professeur a même eu l'obligeance de nous donner, par correspondance, son avis pour les quelques figures qui ne sont pas citées dans sa Monographie.   René FERRY.

NOTA. — Dans le tableau de concordance ci-dessous, nous nous sommes servis de quelques signes conventionnels dont voici le sens :

Première colonne (chiffres). — Les nombres de cette colonne sont les numéros des planches de Bulliard. — Les *parenthèses* indiquent les planches ou les figures pour lesquelles nous avons ajouté des *notes* à la suite du tableau.

Deuxième colonne (texte). — Elle comprend les noms donnés par Bulliard : les lettres *italiques* indiquent ceux de ces *noms de Bulliard qu: M. Quélet a rétablis.* — Les nombres entre parenthèses indiquent les numéros des planches et des figures qui, d'après Bulliard, représentent la même espèce.

Troisième colonne (chiffres). — Elle contient la page du texte de Bulliard en regard de laquelle chaque planche se trouve placée dans le volume relié.

Quatrième colonne (texte). — Elle comprend les noms adoptés par Fries : les lettres *italiques* indiquent que l'*interprétation de M. Quélet diffère quant à l'espèce*, c'est-à-dire que la différence de noms qui existe entre M. Quélet et Fries ne tient pas seulement à une simple question de synonymie. Pour les planches dont Fries n'a donné aucune interprétation, celle de Kickx est indiquée.

Cinquième colonne (chiffres). — Elle renvoie aux pages des ouvrages de Fries, spécialement aux pages de ses *Hymenomycetes Europæi.* Les nombres entre parenthèse renvoient aux pages de son *Systema ;* les nombres marqués d'un astérisque aux pages de son *Epicrisis.*

Sixième colonne (texte). — Elle comprend les noms adoptés (en dernière analyse) par M. Quélet; elle est entièrement l'œuvre de cet auteur, comme nous l'avons dit plus haut, à l'exception des Myxomycètes, pour lesquels nous avons reproduit les noms adoptés par M. Massee.

Les lettres *italiques* désignent les noms adoptés par M. Quélet qui, différents de ceux de Fries, en sont cependant synonymes.

Septième colonne (chiffres). — Elle renvoie aux pages des ouvrages de M. Quélet, spécialement de la *Flore mycologique de France ;* les nombres *entre parenthèses* renvoient aux pages de l'*Enchiridion* (1) ; les chiffres romains représentent les numéros de ses *Suppléments à la Flore du Jura et des Vosges.*

Les nombres marqués d'un astérisque renvoient aux pages de l'ouvrage de M. Massee : *A Monography of the Myxogastres.* 1892.

(1) M. Guillemot de Tourlanville a eu l'obligeance de relever, pour cette publication, toutes les pages de la *Flore mycologique de France* et de l'*Enchiridion*, où M. Quélet a cité des figures de Bulliard.